BIBLIOTHÈQUE

CLASSIQUE LATINE,

OU

COLLECTION

DES AUTEURS CLASSIQUES LATINS,

Dédiée

A S. M. LOUIS-PHILIPPE Ier,

Roi des Français,

Et publiée

Par NICOLAS ÉLOI LEMAIRE,

A PARIS,

DE L'IMPRIMERIE DE FIRMIN DIDOT,

IMPRIMEUR DE L'INSTITUT, RUE JACOB, N° 24.

1833.

P. TERENTIUS Afer.

BIBLIOTHECA

CLASSICA LATINA

SIVE

COLLECTIO

AUCTORUM CLASSICORUM LATINORUM

CUM NOTIS ET INDICIBUS.

APPENDIX.

PARISIIS

COLLIGEBAT NICOLAUS ELIGIUS LEMAIRE

POESEOS LATINÆ PROFESSOR.

EXCUDEBAT A. FIRMINUS DIDOT,

GALLICARUM ACADEMIARUM TYPOGRAPHUS.

EPILOGUS.

Ecce opus exactum! Latiæ quo gloria linguæ
Clarius elucet, veteris quo Classica Romæ
Ingenia, æternum collectis viribus agmen,
Fraterno sociant crescentem fœdere famam!

Hic stant, Ausoniam scriptis quicumque potentem
Et doctis fatalem etiam fecere triumphis.
Hic quibus intendit generosa in carmina vocem
Mæonius furor, aut lyricæ quos impetus alæ
In sublime rapit; recti quicumque sacerdos
Castigat vitia et lustrandis ora resolvit
Moribus; aut teneri queis suspirantur amores ;
Hic qui facta virum, secla et fugitiva secuti
Pallentes subigunt legum meminisse tyrannos;
Quique animi latebras scrutantur et intima veri,
Ut bene vivendi causas a fonte recludant;
Aut quicumque graves vulgi moderatus habenas
Intonat eloquio et fulmen populare coruscat.
Omnibus his socios doctrina infundit honores :
Quæ, veluti Phario nocturnum e vertice sidus,

Antiqui tenebras ævi et rubiginis umbram
Discutiens, longo flammarum tramite lucet.

Ingens artificis meritum, quo munere tantas
Fudit opes, et Dædaleas, ratione magistra,
Ambages solvit! sed dum securus in ipso
Fine operis, jam spe requiem præsumit honestam,
Occidit heu! subitæ præreptus fulmine mortis,
Occidit, et parta jacuit sub laude sepultus.

Siccine præcipiti pendent humana ruina!
Quid vigilare juvat? quid tot producere noctes
Insomnes studio?.... longum tamen ille laborem
Indefessus agens bis septem urgere per annos
Sustinuit; quam magna brevis dispendia vitæ!

Scilicet emensus civilibus atra procellis
Tempora, et insano rerum torrente volutus,
Viderat, imperii disrupto fœdere, Gallos
Ire modum supra, libertatemque silenti
Ancipitem pallere metu; dehinc mille tyrannos
Ad faciles ruere exuvias, patriamque jacere
In medio. Tunc si quid opis privata valeret
Communi dare dextra malo [1], non defuit ille
Civibus; officiique tenax spretorque pericli,
Infamem haud una gladium a cervice removit.

[1] Vide quæ narrantur infra tota pagina 13.

Sed postquam trepidum quatiens Mars Gallicus orbem,
Nunc sibi pyramidas frontem submittere jussit,
Nunc currum trans Herculeas tulit impete metas,
Moxque lacessitas hyemes contendere contra
Ausus, hyperboream victor defecit ad Arcton;
Postquam Europa diu bellis attrita, gravemque
Excutiens ignominiam, ruit omnis in unum
Conjurata caput si pœnas sumere posset
Ultrices, longique notas abolere pudoris :
Ille laborantem patriam fœdoque gementem
Vulnere, desuetas deducere pacis ad artes,
Et studiis ægrum voluit sopire dolorem,
Doctrinæ secreta movens : sic laude cruenta
Exhaustam meliora vocans ad prælia gentem,
Ipse quoque Italicas retulit tibi, Gallia, palmas.

Et nunc emerita tandem mercede laborum
Non fruitur famaque sui; nunc gloria surdos
Heu! cineres, animæ pretio quæsita, sequetur.

Ergone quem toties miratrix turba docentem
Plausibus excepit, qui sacro instinctus amore,
Dum Latiæ juvenes accenderet igne camœnæ,
Haud Latio indignos spirabat pectore versus,
Æternum tacuit! sed vivum mentis acumen,
Ingenuumque animi robur, flumenque diserti
Pectoris, ingentem tutantur nominis umbram,
Ingeniique labor morti obluctatur avaræ!

O mors, quanta tibi seges hoc effloruit anno!
Vidimus ardentem vasto per rura, per urbes
Ire gradu, et plebis communi in strage, virorum
Deligere ingentes animas et lumina gentis.
Nec tibi dira lues, quamquam elanguescere morbi
Cœperat ille furor, vir deplorate, pepercit.

Heu, mihi acerba dies, quum jam nil tale timenti,
Causa ingens lacrymis, feralis epistola venit.
Nam patrios dum me pietas abducit in agros,
Arcano patruum pallentem vulnere, vidi
Fundere præsagos ægro de corde timores;
Credere nec potui demens! vix urbe recessi,
Frigidus ecce jacet vicinæ in limine mortis.
Parce, o parce deus, gladiumque averte furentem!
Hic nobis alterque parens vitæque magister,
Hic decus omne suis; requies ea sola senectæ
Grandævo sperata patri [1]; miserandaque conjux,
Nati immatura jamdudum saucia morte,
Maternos trahit haud alio solamine luctus,
Et media plus parte animæ defuncta fatiscit.
Sin absumpta salus, si fertur inutile votum,
Ah, saltem extremo liceat mihi munere fungi!
Ah, videat reducem, morientique annuat ore!

Adfuit hoc unum precibus, patruumque revisi,
Sed qualem, infelix! æstu consumptus anhelo,

[1] Ejus pater adhuc vivit, 95 annos natus.

Et morti obnitens, anima fugiente, jacebat,
Et quem stringebam, jam non erat! inter amicos
Lugentes, animo perstans et fronte serena,
Ceu pallet sine nube dies exstincta, quievit.

Sic eat : absentem lacrymosis vocibus orbi
Quærimus; at præsens famaque superstite sospes
Semper adest animis; vivunt mansura laborum
Et spem livoris fallunt monumenta malignam.
Ecce opus exactum!... quidquid lingua invida vivo
Detraxit, duplici vox publica fœnore reddit.

Nunc supra nubes, udæ et contagia terræ
Mens immortalis, cognato reddita cælo,
Avolat, unde hominum discordi cæca tumultu
Prælia, et invidiæ morsus despectat inanes.

Credo equidem, nec vana canunt oracula vates,
Sublimes animas, priscis data lumina seclis,
Invigilare hominum studiis mentesque sub altas
Afflatu propiore sacros immittere sensus.
Te quoque, vir Latiæ assertor non ultime linguæ,
Te chorus excepit medium; te classica turba
Stat circum, plauditque favens fratremque salutat :
Tu veram æternis doctrinam fontibus hauris !

Ergo ades, et nostris magnarum semina rerum
Injice pectoribus; da justæ laudis amantes

Spernere humum et vero totas impendere vires.
Felix qui poterit, dilecta exempla secutus,
Tot dotes æquare tuas, atque æmulus hæres
Exprimet humanas animi sociabilis artes;
Civis ubique bonus; rerum bene prodigus hospes;
Vir nunquam arbitrio popularis deditus auræ,
Semper in electo constans et fidus amore;
Cujus ad exemplar sibi quisque optaret amicum !

P. A. LEMAIRE.

Mense Decembri, 1832.

NOTICE

SUR

N. E. LEMAIRE,

ÉDITEUR DES CLASSIQUES LATINS.

AVERTISSEMENT.

Les travaux de N. E. Lemaire, toujours dirigés vers un même but, celui de l'enseignement, formeraient un recueil à la fois intéressant et instructif. On peut en juger déja par quelques fragments insérés dans le septième volume de Virgile. Nous ne désespérons pas de publier un jour le *Cours* tout entier.

Ici nous avons voulu seulement réunir quelques pièces fugitives de genres différents, et les offrir comme un hommage aux Souscripteurs qui ont encouragé la grande et difficile entreprise des *Classiques latins*. Heureux si, en remplissant un devoir de cœur, nous ajoutons quelque chose à la renommée d'un homme dont la mémoire nous est si chère ! P. A. L.

N. E. LEMAIRE.

NOTICE

SUR N. E. LEMAIRE.

Un des hommes qui honoraient le plus le département de la Meuse par la beauté du talent, les graces de l'esprit et les qualités du cœur, vient de lui être enlevé. M. Lemaire (Nicolas-Éloi), Doyen de la Faculté des Lettres en l'Académie de Paris, et professeur de poésie latine, est mort le mercredi 3 octobre 1832. Il était né à Triaucourt, village de l'arrondissement de Bar-le-Duc, le 1er décembre 1767.

C'est dans le couvent de Beaulieu, érigé à peu de distance de Triaucourt, au milieu de la forêt qui porte encore ce nom, que M. Lemaire fit ses premières études. Les langues anciennes lui furent enseignées par quelques bénédictins qui cultivaient les lettres, non sans succès. Ensuite il passa au collége de Sainte-Ménehould [1], et enfin à la célèbre maison de Sainte-Barbe à Paris. C'est

[1] C'est là qu'en 1782, au moment où il venait de remporter tous les prix de sa classe, un vieillard, originaire aussi de Triaucourt, l'abbé Lefébure, Sénieur de Sorbonne, le seul théologien que Marmontel ait trouvé raisonnable et même spirituel dans la censure de son Bélisaire, lui dit avec une emphase doctorale, *nec te Troja capit* (Virg. Æn. IX, 644), et le détermina à venir achever ses études à Paris.

là qu'en 1787, il termina ses études par un triomphe qui, depuis, se répéta deux fois dans sa famille. Le prix d'honneur lui fut décerné [1], et presque aussitôt il commença à enseigner dans le collége, dont il venait d'accroître encore la renommée universitaire. La révolution le surprit au milieu des Muses, et long-temps encore après qu'elle eut fermé les portes de leurs sanctuaires, il resta fidèle à leur culte, tout occupé des chefs-d'œuvre littéraires de la Grèce et de Rome. Comme tant d'autres, détourné du chemin qu'il s'était tracé, M. Lemaire entra et passa successivement dans diverses parties de l'administration publique : il ne s'attacha à aucune; l'amour des lettres le dominait, et l'espoir d'un meilleur avenir pour sa patrie l'encourageait à des études qui devaient, quelques années plus tard, lui valoir une estime dont le reflet irait jusqu'à elle-même. La ville de Bar-le-Duc n'a

---

[1] A cette époque on terminait l'année par un exercice dont le professeur chargeait habituellement un fils de grand seigneur qui pût faire les frais de la cérémonie, et qui (c'était l'usage) faisait au professeur un cadeau de cent louis dans une paire de gants. M. Binet, professeur de rhétorique au Plessis, choisit par extraordinaire, pour l'exercice, le jeune Lemaire qui était sans naissance, sans fortune, mais dont le talent avait inspiré au généreux professeur ce noble désintéressement. M. Lemaire fut long-temps sans pouvoir acquitter cette dette, autrement que par une vive amitié pour son maître.

Enfin, en 1810, le succès et l'éclat de ses leçons publiques ayant paru dignes à l'Empereur d'une récompense, il fit à M. Lemaire une pension de 3,000 fr. Mais celui-ci, par l'entremise de Corvisart, son ami, supplia l'Empereur de porter cette pension sur la tête de M. Binet; et cet acte de reconnaissance obtint l'assentiment du souverain.

pas oublié quel courage montra M. Lemaire lorsque quelques-uns de ses concitoyens les plus honorables furent emmenés dans les cachots de Paris, en 1793. Tout ce que l'humanité et l'amitié peuvent suggérer d'énergie, de patience, de dévouement, il le déploya pour sauver des hommes dont le crime avait été de bien servir leur pays [1].

---

[1] Suivant l'usage d'alors, il fut obligé de demander un certificat de civisme. La section du Jardin des Plantes, dite des *Sans-culottes,* était dominée par le commandant général de Paris, le farouche Hanriot, qui s'opposa à la délivrance du certificat. Il reprochait au jeune professeur de n'avoir point encore paru dans les assemblées de la section, d'être encore l'enfant de *la fille aînée des rois,* et d'avoir quitté Paris sous prétexte d'aller en vacances ; mais dans le fait pour ne pas assister à la journée du 10 août, et pour aller présenter des dragées au roi de Prusse à Verdun.

A ces mots, dont on commençait alors à pressentir les homicides conséquences, N. E. Lemaire s'élance à la tribune des *Sans-culottes* pour la première fois, confond avec trop d'éclat peut-être son fanatique accusateur, et obtient son certificat de civisme au milieu des applaudissements universels.

Cet acte de hardiesse, ce succès du courage avait fixé sur lui les regards des citoyens qui tremblaient sous le sabre de l'anarchie. Ils le nommèrent bientôt président temporaire de la section, et quelque temps après juge suppléant au tribunal civil du sixième arrondissement de Paris.

Alors il sauva de la prison les professeurs du jardin *toujours royal* des Plantes, comme les appelait Hanriot ; il obtint même un certificat de civisme pour le vénérable d'Aubenton, en faisant considérer comme un *berger* ce savant qui le premier s'occupait en France de l'éducation des mérinos.

Alors il osa se prononcer hautement contre un président du tribunal révolutionnaire, qui réclamait *en personne* à l'audience civile contre un négociant de Bruxelles une somme de 80,000 fr. en

Lorsque, au début de l'Empire, les lettres et les sciences commencèrent à refleurir, l'abbé Delille, placé comme professeur de poésie latine au Collége de France, choisit pour son suppléant M. Lemaire. Les leçons de celui-ci lui méritèrent bien vite la réputation la plus brillante; et, l'Université s'établissant, il fut appelé comme professeur de poésie latine à la Faculté des Lettres de Paris. Ce poste était éminent : il mettait en contact direct avec les élèves de cette école normale que la restauration s'attacha tout d'abord à détruire, à cause du savoir et de la sage indépendance des esprits qui y étaient formés. Les leçons de M. Lemaire furent goûtées par une jeunesse désireuse de s'instruire et avide du beau. Des hommes d'un âge mûr, d'une expérience déja consommée dans l'art d'enseigner, ne dédaignaient pas non plus les séances vraiment *normales*, où notre spirituel compatriote révélait le secret des graces et de la grandeur des génies de l'antiquité. Des hommes d'état, des membres de l'une et l'autre chambre, y venaient à la fois prendre un délassement plein de charme et recevoir des exemples de la plus entraînaute élocution. Peu d'orateurs en effet, même parmi les plus vantés, ont réuni à un degré aussi élevé les qualités diverses qui constituent l'éloquence [1], mot

numéraire : le plaideur parlait avec l'arrogante assurance que lui donnaient son pouvoir et son horrible renommée : c'était Coffinhal. Il fut déclaré non recevable, et l'étranger absent, bien plus, emprisonné à la conciergerie, gagna son procès et fut mis en liberté.

Il y avait alors du courage à affronter de pareils hommes!

Avant le 18 brumaire il était commissaire du gouvernement près le bureau central, et en cette qualité il fit fermer la société du *Manége.*

[1] Voyez l'article de M. Dussault, plus bas pag. 71.

aujourd'hui prodigué, presque prostitué, car on l'applique
à tout amas de phrases retentissantes, que désavouent
ensemble la logique et la grammaire.

En 1810, Murat, voulant organiser l'instruction publique dans le royaume de Naples, avait nommé M. Lemaire grand-maître de l'université projetée; mais Napoléon ne permit pas qu'il fût perdu pour la France; il lui
ordonna de continuer le cours de ses brillantes leçons, et,
plus tard, lui fit une pension annuelle de 6,000 fr.; elle
fut perdue à la chute de l'empire, et c'était à la fois pour
procurer à M. Lemaire un juste dédommagement, et
élever en France, aux lettres latines, un monument glorieux, que Louis XVIII enjoignit à l'habile professeur
de travailler à la Collection des classiques latins. Ce prince
se déclara le protecteur de cette immense entreprise, qui
obtint le succès le plus complet, non seulement en France,
mais jusqu'en Russie même. M. Lemaire a laissé quelques
pièces de poésie latine, où le goût et l'esprit se font illusion au point de se croire en la compagnie de Virgile ou
d'Horace. Nous exprimons le vœu de les voir réunies
dans le dernier volume des *classiques* [1] : ce ne sera pas
le moins précieux de cette riche et magnifique collection.

M. Lemaire ne laisse point d'enfant. Un fils unique,
qui promettait d'être digne de lui, a été enlevé à sa tendresse en 1812 [2]. Deux de ses neveux, nés comme lui
à Triaucourt, ont aussi obtenu le prix d'honneur au

[1] Nous avons répondu à ce vœu par un choix de quelques pièces
que nous donnons à la suite de cette Notice.

[2] On trouvera plus bas, pag. 110, l'épitaphe touchante où il ex-
hala sa douleur.

concours général ouvert entre tous les colléges de Paris. L'un, M. *Auguste* Lemaire, maître de conférences à l'école normale, voudra sans doute établir sa propre réputation, comme écrivain, et honorer la mémoire de son oncle, en mettant la dernière main au grand ouvrage des *classiques* : puisse cette tâche s'accomplir avec bonheur! C'est un vœu que doit former tout homme qui, dans sa jeunesse, n'est pas resté étranger au charme indicible de la littérature latine.

Pendant longues années, M. Lemaire a été membre du conseil-général de la Meuse. Nommé plusieurs fois secrétaire, il a rempli ces laborieuses et délicates fonctions avec un zèle, un amour éclairé de son pays, dont les preuves multipliées restent dans nos archives départementales. C'est à l'épuration de 1816, époque où presque tous les membres du conseil-général furent renvoyés, qu'il cessa de s'occuper d'intérêts administratifs. Ses amis avaient songé à le porter aux honneurs de la députation. En 1818, lorsque le régime contitutionnel prit vigueur et qu'un même collége assemblait tous les électeurs du département, de nombreux suffrages se réunirent en faveur de M. Lemaire. Ce fut seulement au scrutin de ballottage que la préférence resta à M. Vallée, conseiller en la cour de cassation.

Depuis lors, notre compatriote sembla avoir renoncé à toute existence politique, pour se consacrer entièrement à l'entreprise de la Collection des classiques. Nul homme n'était plus capable de mener à bien un ouvrage si vaste et si difficile, car personne n'a jamais pu lui contester le rang de premier latiniste de France; nul, parmi les modernes, ne connut mieux le génie de la langue latine; nul ne fut plus heureux à jouer avec sa poésie.

Des hommes d'un mérite éminent, et voués à diverses carrières, prenaient plaisir à se réunir chez M. Lemaire. Ce n'était point un cercle selon le goût du jour, car on n'y parlait point politique; mais on s'entretenait de sciences et de lettres. Les professeurs les plus renommés de l'Université y apportaient une infinie variété de savoir et d'instruction; des pairs de France, des députés, étaient fidèles à ces réunions comme au culte de l'amitié et de la science. A côté du célèbre médecin Dubois, d'Orfila, pour qui la chimie médicale semble n'avoir plus de secrets, de Delort, si profondément versé dans nos antiquités nationales, on trouvait Fabry Garat, d'un talent musical si suave; à côté de Tissot, à la verve poétique si douce, de Firmin Didot, si cher à la littérature et à la typographie, le savant magistrat Carnot, le brave général Excelmans, le maréchal Gérard, et M. de Norvins, le célèbre historien de Napoléon.

De telles amitiés attestent assez quel homme était M. Lemaire. Les vertus de son cœur, les trésors de son esprit, il ne les employa jamais qu'à servir les autres : être utile semblait en lui un besoin sans cesse renaissant. Aucun n'avait mieux mérité d'avoir des fils, car aucun n'aima mieux les jeunes gens [1]; aucun ne les aida avec plus de per-

---

[1] « M. Lemaire avait au plus haut degré deux qualités qui font qu'on a beaucoup d'amis et qu'on les garde toute sa vie : il était bienveillant et bienfaisant. Son empressement à rendre service, son obligeance prévenante et infatigable ont facilité à un grand nombre de nos jeunes professeurs les plus distingués l'entrée des carrières universitaires. Il aimait les jeunes gens et les comprenait,

sévérance de ses conseils, de son appui et souvent de sa libéralité. Il descendait à leur niveau avec une simplicité d'esprit si franche et une douceur de langage si attrayante, que leur confiance lui venait bien vite. Les pères et les fils, en apprenant sa mort si inattendue, auront senti se réveiller avec une force nouvelle le souvenir de tout ce qu'ils doivent à cet homme excellent; et quand, réfléchissant sur la rapidité de cette vie, ils résumeront les hommes dont la perte laisse un vide dans le monde, ils mêleront leurs larmes aux nôtres pour honorer la mémoire de celui à qui le ciel et l'éducation avaient comme prodigué tous les avantages qui, divisés, eussent suffi au mérite et à la réputation brillante de plusieurs.

C'est au cimetière du P. Lachaise, à côté de son fils, que repose notre compatriote. Près de sa tombe en est une autre destinée à sa veuve; puisse-t-elle rester fermée encore long-temps! Tous ceux qui avaient estimé et chéri

ce que ne font pas toujours ceux qui les dirigent; il encourageait leurs efforts; il n'aggravait pas, par des chicanes d'érudition minutieuse, les épreuves officielles par lesquelles le monopole universitaire les forçait de passer pour arriver aux grades; il ne faisait pas dépendre l'avenir d'un jeune homme de son plus ou moins de hardiesse dans un examen public; il était bon de cette bonté d'instinct, de premier mouvement, qui est si rare et si aimable en tout temps, et surtout dans nos jours d'égoïsme envahissant, où l'on ne sert les gens qu'à proportion de ce qu'on en tire, et où l'on n'a d'obligeance que pour ceux qui la peuvent payer. Celui qui écrit ces lignes a vu souvent cette bonté exquise aller au-devant de ceux qui ne la pouvaient payer que par de la reconnaissance sans bruit; et c'est au nom de beaucoup de jeunes gens, auxquels M. Lemaire a tendu une main amie, au début de leurs laborieuses études, qu'il rend cet hommage à sa mémoire. » D. Nisard.

(*National du 8 octobre.*)

M. Lemaire durant sa vie, ne lui ont pas manqué après sa mort. Son cortége funèbre était l'image fidèle de cette nombreuse société dont il avait été comme le centre : la diversité des rangs, des professions, du savoir et de l'âge, annonçait, hélas! que l'homme qu'on rendait à la terre n'avait point eu une vulgaire existence!

Au milieu du village de Triaucourt s'élèvent trois ormes plantés par l'autorité municipale [1] : touchants souvenirs des triomphes universitaires décernés à Lemaire et à ses neveux. Que, sous leurs rameaux protecteurs, soit érigé le buste de celui dont la naissance a honoré ces lieux; que son image fidèle y soit, pour la jeunesse, comme une leçon vivante, que nos campagnes les plus reculées enfantent aussi des fils qui, par les sublimes travaux de l'esprit, rendent leurs noms durables et leur mémoire vénérée!

Quand, pour la première fois, viendra le triste anniversaire du 3 octobre, puissent les amis de Lemaire alléger leur douleur en consacrant le monument pour lequel leurs vœux et leurs efforts vont s'unir!

J.-L. GILLON,
Député de la Meuse, procureur général près la Cour royale d'Amiens.

[1] En vertu d'une décision du conseil municipal, approuvée par le préfet de la Meuse et par le ministre de l'intérieur, ces arbres ont été plantés et doivent être entretenus aux frais de la commune.

NOTICE NÉCROLOGIQUE.

M. Lemaire, l'un des plus brillants élèves de l'ancienne Université, l'un des professeurs les plus distingués de la nouvelle, vient d'être enlevé aux lettres et à ses amis par un coup aussi terrible qu'imprévu. Quelques jours avant la catastrophe, lui-même se félicitait de sa bonne santé, qu'il attribuait à l'air de la campagne; et soudain nous l'avons vu surpris et terrassé par trois maladies incurables. Il ne s'est pas fait un moment d'illusion sur son état, mais la mort qu'il a senti venir n'a pu ni troubler sa sérénité, ni même altérer sa gaîté naturelle; il a vécu tout entier jusqu'au dernier moment.

Sous le rapport de ces études classiques qui se faisaient autrefois dans le collége de Sainte-Barbe, où l'on vivait de brouet noir comme à Lacédémone, lui et quelques-uns de ses amis étaient en quelque sorte les derniers des Romains. Le mot *scholar*, qui exprime chez les Anglais non seulement un bon écolier, mais encore un homme qui, n'ayant point cessé de cultiver les lettres grecques et latines, leur doit la réputation d'un excellent humaniste, ce titre que les Pitt, les Sheridan, les Fox, acceptaient avec plaisir, caractérise tout-à-fait et M. Lemaire, et le mérite particulier qui n'a cessé de le distinguer; même au milieu des distractions de la fortune ou de la politique, il aimait avec passion Cicéron, Horace et Virgile; il cultivait leur langue comme sa langue maternelle. Peu de poètes latins modernes ont fait des vers aussi brillants que les siens. Comme professeur, il a jeté beaucoup d'éclat sous l'Empire; ses leçons attiraient un grand concours d'auditeurs, parmi lesquels figuraient d'éminents personnages du temps, ses condisciples et ses amis.

On lui doit le service d'avoir contribué à ranimer le goût de l'antiquité dans une époque où la fièvre de la guerre et l'ardente passion de la gloire militaire dominaient presque exclusivement parmi nous.

La vie politique de M. Lemaire n'a point été exempte d'orages; il avait encouru d'ardentes inimitiés; mais des services rendus pendant le cours de la révolution à des hommes célèbres, tels que La Harpe, l'abbé Sicard et Fontanes, etc., menacés de perdre la liberté ou la vie, un singulier penchant à la plus parfaite et à la plus utile obligeance, une humeur enjouée, un caractère facile, et surtout des amis fidèles et dévoués, l'ont toujours soutenu contre toutes les attaques. Des amis! il en comptait presque partout, dans l'instruction publique, dans les lettres, dans les sciences, dans l'administration et dans l'état militaire.

M. Lemaire avait obtenu de brillants succès dans les sociétés de Paris, où on le recherchait avec empressement; mais depuis la mort de son fils, jeune homme de la plus belle espérance, il s'était retiré du monde par degrés. Le chagrin de cette perte lui avait laissé dans le cœur un de ces stigmates qui ne s'effacent jamais; aussi ni lui, ni une épouse désespérée ne pouvaient prononcer, sans verser des larmes, le nom de l'objet de leur prédilection. Tout le monde a vu cette douleur, et tout le monde en a été touché. Depuis, M. Lemaire, pour se consoler, se faire illusion à lui-même, a semblé prendre le titre de père par l'adoption de plusieurs neveux qu'il a comblés de bontés. L'un d'eux, digne de cette adoption, et chéri des deux époux, est associé depuis long-temps aux travaux de son oncle, qu'il remplaçait souvent avec succès dans sa chaire de poésie latine.

A l'époque de la Restauration, M. Lemaire parut vouloir se réfugier entièrement dans les lettres, et inspira à Louis XVIII la pensée de placer son nom royal en tête de la publication d'une nouvelle collection de classiques latins, composée des travaux les plus remarquables des nationaux et des étrangers. C'était flatter la passion du prince, qui se regardait tellement comme le premier des *scholars*, que l'un de ses ministres, très-fort humaniste lui-même, et à la fois doué de beaucoup d'esprit et de souplesse, ne trouvait pas de plus sûr moyen pour plaire et conserver son portefeuille que de baisser pavillon devant le savoir du maître. On n'a jamais pu accuser M. Lemaire d'avoir usé de cette recette; mais son entreprise flattait la passion du prince, qui aspirait au titre de protecteur des lettres, et prétendait même à la gloire d'écrivain; Louis XVIII accepta la dédicace de l'ouvrage, et le favorisa d'une manière particulière; il prit même le soin de rédiger la liste des auteurs à publier, du nombre desquels il exclut le sublime Lucrèce [1], non par une répugnance de son esprit, ou par un scrupule de sa conscience religieuse, mais par une espèce de pusillanimité

---

[1] Nous publierons cet auteur sur le même plan et aux mêmes conditions que les autres volumes de la Collection. Cet ouvrage fera deux volumes. P. A. L.

politique. C'est ainsi qu'il n'osa jamais donner une pension à Parny. « Si je faisais cela, disait-il en riant à un « illustre maréchal, la Duchesse m'arracherait les yeux. »

On peut facilement relever quelques imperfections dans la Collection des classiques Lemaire; mais, telle qu'il nous l'a donnée, elle n'en est pas moins un présent précieux pour les lettres; elle recommandera toujours le nom, le courage, la patience, le zèle de l'auteur. Heureusement, pour lui comme pour nous, il avait, avant de mourir, mis la dernière main au manuscrit des derniers tomes de la collection; heureusement encore, son neveu, son disciple, reste après lui pour achever cette importante publication.

P.-F. Tissot.

(Constitutionnel du 23 octobre 1832.)

DISCOURS

PRONONCÉ SUR LA TOMBE DE M. LEMAIRE,

PAR M. ALEXANDRE,

PROVISEUR DU COLLÉGE ROYAL DE BOURBON.

Avant que cette tombe se referme, je demande la permission de rendre un dernier hommage à un homme qui fut le guide de mes études, l'appui de ma jeunesse, et qui est toujours resté mon ami. Il ne m'appartient pas d'apprécier les qualités qu'il a déployées sur cette scène du monde, où déja, bien avant que je le connusse, il avait joué un rôle si actif dans des situations tour à tour si brillantes et si délicates. Je le peindrai seulement tel que je l'ai vu dans son intérieur. Ce qui frappe d'abord et ce qui paraissait dominer chez lui, c'était l'esprit, c'était cette verve d'imagination, d'à-propos et de gaîté, qui fut long-temps une des causes principales de ses succès dans le monde, qui, plus tard, dans un cercle plus resserré, faisait le charme de sa société particulière, et qui même, dans l'âge où la raison ralentit l'essor de la pensée, avait encore, lorsqu'il s'animait, toute la vivacité et tout l'éclat de la jeunesse. A cet esprit éminemment flexible, il joignait en général, et surtout dans les choses qui tiennent à la conduite des affaires, un jugement sûr, qu'il devait à sa grande habitude des hommes. Les hommes ! qui, plus que lui, avait pu les observer de près, dans tous les rangs et sous toutes les faces? Aussi s'apercevait-on, dans les épanchements de sa conversation intime, qu'il les avait trop étudiés pour les estimer au-dessus de leur valeur; et cette donnée ne doit pas échapper à celui qui voudra porter un jugement sur son caractère. Doué d'une ame très passionnée, lancé dans des carrières dont il n'atteignit pas toujours le but, et où il rencontra bien du monde sur son passage, il eut des ennemis. On ne doit pas s'étonner s'il eut des détracteurs, et il faut renvoyer à la calomnie ce qui lui appartient. Mais il eut aussi des amis; et je ne crains pas d'être démenti en disant que nul en amitié ne se montra plus constant, plus dévoué, et non seulement plus empressé à rendre service, mais plus délicat. dans sa manière d'obliger, et moins exigeant en fait de reconnaissance. C'est que l'égoïsme contagieux du monde où il avait vécu n'avait pas effacé chez lui la sensibilité du cœur. Elle s'est montrée surtout dans la vivacité des affections domestiques. Je l'ai connu le plus heureux des pères, et ensuite le plus inconsolable. J'ai vu, après le fatal événement dont cette tombe évoque pour moi le souvenir, le désespoir du père se confondre dans la tendresse de l'époux; et deux ames frappées du coup le plus subit et le plus terrible, succombant chacune à leur douleur, ne se soutenir que par leur mutuel appui. Mère et veuve désolée, quel sera maintenant ton soutien? Était-ce au cœur le plus faible à subir deux fois une si rude épreuve? Et où sera ta force pour te survivre deux fois à toi-même?

Ces idées sont trop douloureuses, Messieurs. Elles ne me laissent le courage de parler ni des succès classiques de M. Lemaire, restés célèbres dans les souvenirs de l'ancienne Sainte-Barbe, ni de son rare talent pour la versification latine, et de l'incroyable triomphe que lui valut, il y a vingt ans, un art aujourd'hui si négligé, ni de ses services universitaires et de ses cours autrefois si brillants et si suivis, ni de ses immenses travaux pour élever ce bel et majestueux édifice de la collection des auteurs latins. Ces travaux, Messieurs, ne seront pas interrompus, puisqu'il a eu, avant de mourir, la joie de les voir terminés, et que le soin d'en mettre au jour les derniers volumes est confié, tâche désormais facile, à un neveu, son élève chéri et depuis long-temps son digne et zélé collaborateur. Dans ce vaste répertoire de la littérature latine et de l'érudition de tous les commentateurs anciens et modernes, quelques fautes ont dû se glisser. La critique les a relevées, la malveillance les a grossies, l'ignorance et l'envie se sont plu à les proclamer. Mais, malgré leurs efforts, ce monument durera, et sera, dans cinquante ans, l'ornement ou plutôt le fondement nécessaire de toute bibliothèque savante. L'Université de France et surtout la Faculté des lettres, dont il avait l'honneur d'être le doyen, doivent donc un tribut solennel de regrets, non seulement au professeur qui long-temps jeta tant d'éclat sur leur enseignement, mais à l'éditeur actif et infatigable qui a tant fait par lui-même et par les autres pour la gloire de la philologie française. Que ce soit là sa couronne publique : ses amis lui en décernent dans leur cœur une non moins méritée et qu'il ambitionnait davantage.

CARMEN

IN PROXIMUM ET AUSPICATISSIMÚM

AUGUSTÆ

PRÆGNANTIS PARTUM,

SCRIBEBAT N. E. LEMAIRE.

MENSE MARTIO, 1811.

QUINTUS HORATIUS FLACCUS.

BIBLIOTHÈQUE CLASSIQUE LATINE par N. E. LEMAIRE.

CARMEN

IN PROXIMUM ET AUSPICATISSIMUM

PRÆGNANTIS AUGUSTÆ

PARTUM.

Unde pio strepitu, templorum e turribus altis,
Æra cient populos ad limina sacra ruentes?
Unde tot insoliti tolluntur ad æthera cantus,
Et stant votivis cumulata altaria donis ?

Quæ vox grande sonans *, et summo numine digna,
Non audita diu ex adytis oracula pandit,
Implet inexhausto desuetas lumine mentes,
Imploratque Deum pro Napoleonis amata
Conjuge, ut optati felicia munera partus,

* Mandatum EE. Cardinalis, necnon II. et RR. archiepiscopi
Parisiensis, qui publicas per templa omnia supplicationes indixerat.

Perpetuum solii columen, pacisque beatæ
Non unum populis orantibus annuat omen?

    Pastoris vocem agnosco, qui fundere puros
Doctrinæ latices, et relligionis avitæ
Tollere *vexillum* regina jussus in urbe,
Cogit oves, nullo nuper custode vagantes,
Et docet unanimes uni parere magistro.
Te reducem, o præsul sævis defuncte procellis,
Te tua præsentem templo facundia prodit:
Hic primum fidei Parisinæ a sede ministrum
Te regere adductas divini juris habenas
Napoleo voluit, qui magni nominis aura,
Missus in imperium, stella præeunte, supremum,
Erexit patriam dira sub morte jacentem,
Cælumque et terras concordi fœdere junxit.

    Ingredere in sanctam correptis fascibus arcem;
Aras tange tuas; spirantem concipe toto
Corde Deum; fatis aperi nunc ora propinquis,
Ora, Dei jussu, mutatæ credita genti:
Cœptas perge preces (tibi munia prima precari),
Ut Mariæ fecundi abeant sine pondere menses,
Nullaque maturæ fastidia sentiat horæ.

    O mihi si qua tuæ tardum vis ignea mentis
Ingenium afflaret, tua si præcepta sequutus
Possem oratori non impar ire poeta;
Non me doctiloqui superaret musa Maronis,
Quum dedignatus virgulta, *humilesque myricas,*

Sicelidas raperet *paulo* ad *majora Camœnas*,
Et *caneret sylvas* Romano *consule dignas*:
Nam si, vulgares ignoti infantis ob ortus,
Tot rerum explicuit Cumano carmine pompas,
Ut nunc vaticinans de Napoleone futuro,
Aurea per terras descendere *regna* juberct,
Ordine ab integro *magnos procedere menses*,
Atque exultantem tanti patris incremento,
Sponte novis sese submittere legibus orbem!

O patria, heroum genitrix fecunda, superbum
Gallia, tolle caput! jam surgunt aurea vere
Tempora; plaude tibi; te vastis ardua ramis
Protegit, et primam generoso e stipite prolem
Arbor agit, longos quæ duratura per annos
Ventorum immota ridebit fronte furores.
O tu cara Deo qui Napoleona creavit,
O patria! immodicis da vela tumentia votis;
Huic *natos natorum, et qui nascentur ab illis,*
Ille Deus promisit adhuc, promissaque solvet.
Terrarum dominos gestat tibi regia conjux,
Fœta salute tua; tu mundi fœta salute,
Nunc pateris primos Maria prægnante labores;
Sed mox cum Maria fausto recreabere partu,
Et regum æternam cernes tibi crescere gentem.

Tu quoque, pacatis o felix Austria regnis,
Plaude tibi, et socio spes nostras præcipe voto,
Tu, quæ læta viris, non sola laude virorum
Clara, sed uxorum prudenti fœdere vincis,
Et gemino sexu geminos agis usque triumphos:

Nec pigeat nuper lectas armasse phalanges,
Magnanimosque duces, quum frustra invaderet Ister
Ille tuus nostrum torrenti vortice Martem;
Pax et fata jubent: En Marte potentior ipso,
Apparet Maria; et vinci se victor amavit.

Salve, o terrarum tu lumen amabile; salve,
O Germanorum dignissima filia regum,
Quæ reges paritura venis; tu gaudia nostræ
Gentis, et alter amor, jungis cum patre maritum;
Sicut ad æstivos pubescens vinea soles,
Pampineis sociat geminas amplexibus ulmos,
Dum gentes hilarem inter se Pæana canentes,
Hospitibus gaudent choreas agitare sub umbris.
Te regnaturam patriis signavit ab astris,
Inter avos rex pace potens, rex fortior armis
Theresia, augustoque caput sacravit honore,
Dum nascentem aleret puro Sapientia lacte;
Regia te Virtus, Pietas te sancta, benigno
Crescentem fovere sinu; studioque fideli
Certantes, habilem sceptris finxere gerendis.

Vix matura viro, tot splendida dotibus, aulas
Europæ ancipites, suspensaque regna tenebas,
Quem sponsum thalami majestas illa maneret,
Quum tibi rex regum, tacito qui captus amore
Te sub mente diu consortem elegerat unam,
Napoleo, cinxit merito diademate frontem,
Dotalem tradens, heros uxorius, orbem.
Napoleo elegit, quid laudibus amplius addam?

Quum te felicem ante alias, tantique hymenæi
Prima verecundo libantem pectore dona,
Dimidiam in solii partem laudisque vocaret,
Non regale dedit digno sine munere nomen ;
Sed tecum imperii curam partitus, egenas
Cum pueris credit matres, gentique futuræ
Semper prospiciens, rex et pater optimus idem,
Te matrem esse jubet puerorum matre carentum,
Ut, dum pauperibus spargens solatia cunis
Virgineo infantes miseros solabere vultu,
Virgineum pectus materno assuescat amori.

En erit ille dies, quo maxima templa, secundos
Per procerum fremitus, populi acclamante caterva,
Invises jam mater ovans; gratesque potenti
Persolves Mariæ, duplici quod munere, talis
Contigerit tibi progenies, talisque maritus;
Hic gentem de more tuam solemnibus aris
Affusam invenies, memorique ita voce precantem :
« O Mariæ geminum jubar, o fax alma salutis !
« O cultum semper nomen semperque colendum !
« Hæc cælo regina micat; micat altera terris !»

Tuque, tot ominibus faustis, precibusque vocata,
Nascere, progenies, et amanti allabere mundo,
Augustæ matri, augustoque simillima patri !
Exoriare !..... tibi thalamo in stellante paravit
Splendentes auro et gemmis tua Gallia cunas;
Et dum vitrici lauro, palmisque paternis
Surgentem puerum exornat, Pax aurea circum
Innocuæ myrtum maternam innectit olivæ.

Hinc tibi Relligio, vigilat Themis inde, ferentes
Quæque suas, regum et patriæ tutamina, leges.

Jam sese jurata tibi Fortuna fideli
Mancipat obsequio : jamdudum Gloria solem
Ipsa suum accendit, patrisque in fronte refulget,
Cognatum unde oculis nascens puer hauriat ignem.

Fama triumphales circum cunabula cantus
Personat, ut primo jam vincere discat ab ortu.

Europæ famulis de gentibus undique reges
Legati veniunt, qui vectigalia prono
Sceptra genu inclinent, et in ipso limine vitæ
Rite colant dominum terraque marique futurum.

Roma suum exspectat regem, natoque patrique
Festa parans, Flacci nunquam moritura canentis
Per sacrum ingeminat de Druso carmina clivum :
« In natis patrum est virtus; fortesque creantur
« Fortibus; et nullas aquilæ genuere columbas. »

Fatidicos sensit Tusco sub gurgite cantus,
Sensit et obstupuit priscus regnator aquarum
Tibris; arenoso flavum caput extulit amne;
Cæsareæque iterum sperans ditionis honores,
Venturum ultorem fluctu assurgente salutat.

Hujus in adventum præsago agitata tremore

Sponte sepulcra patent : nocte emersere profunda
Et populi quondam regis sanctique senatus
Unanimes hodie manes, radiisque decori
Per septemgeminos tollunt capita ardua montes;
Concilium trabeatum, ingens ! stupuere tropæis
Et sceptro insignem, solemni incedere pompa
Napoleona suæ rediviva ad mœnia Romæ,
Miratique omnes uni succumbere famæ,
Ensem fatiferum, et venerabile sidus adorant.

Jam non subverso mœrens Victoria templo,
Exsul, et antiquis viduata Quiritibus, errat
Barbaricos inter cineres, turpesque ruinas;
Sed sua laurigero exultans per mœnia curru,
Thuricremis renovat vigiles altaribus ignes,
Quæ stans Napoleo præsenti numine firmat.

Nec jam præteritos Capitolia muta triumphos,
Absentesque Deos, exstinctaque fulmina lugent;
Namque novo intremuit rupes Tarpeia Tonante.

Hæc te fata manent : o tandem nascere, nobis
Exspectate puer : toto donabere mundo;
Nam penes est patrem proprii custodia mundi;
Omnia nunc parent genitori; atque ipsa superbos
Anglia mox ponet fastus, Thamesimque subactum
Flebit, et avulso pelagi exarmata tridente,
Æquævas mundo leges, lateque patentis
Oceani discet communia jura vereri.

Interea oppositis orti de fontibus amnes,

3.

Sequana Danubiusque, simul concordia tandem
Agmina lympharum sub eodem sidere volvant,
Immunique ferant commercia libera ponto :
Et jam fraternis gaudentes fluctibus urnas,
Defendant aquilæ sociato fulmine junctæ :
Atque olim assuetæ grandi terrere volatu,
Romulidumque gravi imperio vexare, quietum
Nunc foveant amplexæ alis victricibus orbem.

POËME

SUR L'HEUREUSE GROSSESSE

DE S. M. MARIE-LOUISE;

COMPOSÉ EN VERS LATINS

PAR N. E. LEMAIRE,

TRADUIT EN VERS FRANÇAIS

PAR G. LEGOUVÉ.

POËME

SUR L'HEUREUSE GROSSESSE

DE SA MAJESTÉ

L'IMPÉRATRICE DES FRANÇAIS.

Pourquoi ces nouveaux sons, qu'élève dans les nues
L'airain retentissant de cent cloches émues?
D'où vient cet appareil, qui vers les saints parvis
Appelle le concours des citoyens ravis,
Et fait, sur les autels parés de dons propices,
Fumer de toutes parts l'encens des sacrifices?

Quelle imposante voix (*), digne organe des cieux,
Chante en accents hardis ces oracles pieux
Qui cessèrent long-temps de pénétrer les ames;
Et, d'une sainte ardeur y rallumant les flammes,
Célèbre cet hymen, où la jeune beauté,
Qu'avec Napoléon joint un nœud respecté,
Dans ses bras obtenant le doux titre de mère,
Promet le gage heureux du salut de la terre?

C'est ta voix, ô pasteur, qui, cher à ton troupeau,
De notre antique foi relevant le drapeau,
Et rouvrant dans Paris les fontaines sacrées,
Ramène près de toi les brebis égarées,

---

* Mandement de son éminence monseigneur le cardinal Maury, qui ordonne des prières dans toutes les églises du diocèse de Paris.

Qui, prenant de tes mains le céleste aliment,
Ne suivront qu'un seul chef et qu'un seul sentiment.
Oui, je te reconnais ; et ta noble éloquence
Révèle ton retour ainsi que ta présence.
Applaudis-toi du prix dont tu reçois l'honneur.
Des rives, où le Nil le vit long-temps vainqueur,
Accourant à la voix de la France alarmée,
Seul avec son génie, avec sa renommée,
Napoléon revint ; et du fond des tombeaux
Arrachant la patrie et le culte en lambeaux,
Par un lien plus sûr joint le ciel à la terre,
Et s'assied sous le dais de son saint ministère.

    Prends les faisceaux sacrés, embrasse tes autels ;
Proclame du Très-Haut les décrets immortels ;
Il t'ouvre l'avenir, et dans ses tabernacles
Attache à tes discours la voix de ses oracles :
Presse, implore ton Dieu, pour qu'aux jours des douleurs
L'épouse d'un héros sente moins leurs rigueurs,
Et donne sans péril, comblant notre espérance,
L'héritier d'un pouvoir qu'affermit sa naissance.

    Oh ! si je possédais ce talent créateur,
Ce feu dont ta parole enflamme l'auditeur ;
Si j'élevais mes vers à l'habile harmonie
Que tes doctes leçons enseignent au génie,
Mes chants l'emporteraient sur le chant pastoral
Où Virgile vanta le bonheur nuptial,
Et, dédaignant les bois, avec tant d'éloquence
Du fils de Pollion exalta la naissance ;
Mais il ne célébra dans ses sublimes vers
Qu'un enfant étranger au sort de l'univers.
Si de Napoléon sa muse heureuse et fière
Avait dû peindre un fils venant à la lumière,
Il eût, dans ses tableaux plus magiques encor,
Fait descendre du ciel les temps de l'âge d'or,
Recommencé les mois du grand siècle de gloire,
Et dans Napoléon présenté la Victoire,

Qui, du haut de son char, aux peuples satisfaits
D'un pouvoir paternel prodigue les bienfaits.

O France! ô mon pays! ta gloire est achevée;
De tes nouveaux destins l'époque est arrivée.
Si l'arbre de l'état, vaste, majestueux,
Inébranlable aux coups des vents impétueux,
Te couvre de l'appui de son ombre adorée,
Nul rejeton encor n'assurait sa durée.
Le premier va paraître, et le monde ravi
Sourit à l'avenir dont il sera suivi.
Napoléon en croit l'éternelle sagesse ;
Dieu lui promit un fils, Dieu tiendra sa promesse.
C'est l'œil du Tout-Puissant qui veille dans les cieux
Sur le sein qu'il chargea de ce poids précieux,
Sur ces augustes flancs, dont la douleur féconde
Prépare le salut et les maîtres du monde.
Des vœux les plus hardis, ô France, suis l'essor :
Oui, tu vas du Très-Haut recevoir ton trésor;
Souffrante avec Marie, et sauvée avec elle,
Tu verras de tes rois une race immortelle.

Et toi, superbe Autriche, embrasse notre espoir.
Tes soldats n'ont pu seuls défendre ton pouvoir :
S'ils combattaient pour toi, tes princesses dociles
Vainquirent plus souvent dans tes traités habiles;
Et par divers moyens, en tes climats guerriers,
Les deux sexes rivaux doublèrent tes lauriers.
Lorsque tout récemment des belliqueux orages
Grondait sur toi le bruit, précurseur des ravages,
Lorsque tu redoutais des malheurs trop certains,
Un regard de Marie a changé tes destins;
Devant Napoléon il déploya ses charmes,
Et le vainqueur se plut à lui rendre les armes.

Salut, astre adoré; salut, fille des rois
Qu'à l'empire d'Autriche ont portés leurs exploits !

Du bonheur de la France accomplis les prémices,
Toi, sa nouvelle joie et ses autres délices !
Ton hymen, de Bellone apaisant le courroux,
Unit dans ses liens ton père à ton époux,
Comme au soleil d'été la vigne florissante,
Dans les embrassements d'une chaîne pressante,
De deux ormes pompeux sur nos riants coteaux
Joint amoureusement les flexibles rameaux ;
Tandis que, pour charmer l'oubli des jours d'orage,
Les bergers en chantant dansent sous leur ombrage.

Tu naquis pour régner : veillant sur ton berceau,
De l'empire à ton front elle imprima le sceau,
Cette illustre héroïne aux Germains toujours chère,
Qui fut roi dans la paix, qui fut roi dans la guerre.
La Sagesse, en ses bras, de son lait bienfaisant
Sur ta lèvre naissante a versé le présent.
La vertu des grands rois, la piété sincère
T'échauffèrent croissant sur leur sein tutélaire,
Formèrent ta jeune ame, et leurs fidèles mains
T'apprirent à porter le sceptre des humains.

A peine en la saison propice à l'hyménée,
Tu t'élevais, d'appas et de sagesse ornée,
Et l'Europe en suspens cherchait parmi ses rois
Quel époux obtiendrait la faveur de ton choix,
Lorsque Napoléon, ce monarque suprême,
Vaincu sous ses lauriers par un amour extrême,
Mit le bandeau royal sur ton front généreux,
Et te donna pour dot les cœurs qu'il rend heureux.

A tes prospérités nulles ne sont égales ;
Oui, le front rougissant des graces virginales,
Les yeux baissés, et l'ame avec ravissement
Se livrant aux douceurs d'un premier sentiment,
Tu reçus l'union de sa gloire immortelle :
Voilà de tes vertus la palme la plus belle !

Mais, lorsque par les cieux à tes destins lié,
De son lit, de son trône il t'offrit la moitié,
A ce nom si fameux dont la splendeur t'enflamme
Il joignit un devoir digne de ta grande ame ;
Et du sceptre avec toi partageant le fardeau,
Des enfants orphelins te commit le berceau,
Te confia les pleurs des mères affligées,
Des fruits d'un triste hymen dans l'abandon chargées.
Ainsi, prompt à porter ses regards, ses bienfaits
Sur les premiers besoins de ses futurs sujets,
Il assure une mère à ceux qui l'ont perdue ;
Et, quand les soignera ta tendresse assidue,
Le spectacle touchant des langes du malheur
A l'amour maternel façonnera ton cœur.

Elle avance pour toi cette heureuse journée,
Où, mère triomphante et reine fortunée,
Au milieu des transports et du peuple et des grands,
Avec des chants joyeux sur tes pas accourants,
Tu marcheras au temple entouré de guirlandes,
Où la mère d'un Dieu recevra tes offrandes,
Prix du double bienfait qui, s'étendant sur nous,
Te donne un tel enfant après un tel époux.
Là, tes yeux trouveront la France toute entière
Prononçant à ses pieds cette auguste prière :
« Marie, astre brillant, qui luis encor plus beau
« Aux regards des Français par un double flambeau,
« Et, sous les traits divers qu'il prête à tes images,
« De respect et d'amour obtiens les mêmes gages,
« Tu dois à cet éclat de deux noms radieux
« De régner sur la terre en régnant dans les cieux. »

Toi, qu'appellent nos vœux et tant d'heureux présages,
Nais, enfant fortuné ; viens chercher les hommages
Des humains, dont les cœurs te sont déja soumis :
Descends du ciel, présent qu'au monde il a promis !

Nais, offrant dans tes traits l'image auguste et chère
Et d'une mère illustre et d'un illustre père !
Dans le palais des rois, d'or, de pourpre éclatant
D'avance est élevé le berceau qui t'attend.
Ta France, le couvrant de ses mains solennelles,
Se complaît à l'orner des palmes paternelles ;
Et la féconde paix y vient associer
Les myrtes de ta mère à son pur olivier.

Oh ! quels transports excite une attente chérie !
Tout suit pour cet enfant l'élan de la patrie ;
Tout vole à son berceau. Là, pour former son cœur
A l'amour des devoirs qui des rois est l'honneur,
La sévère Thémis, la Religion sainte
Veillent, tenant le livre où leur force est empreinte.

Là, déja de la Gloire, en un concours si beau,
Sur le front de son père a relui le flambeau,
Pour que ce fils, chargé du bonheur de la terre,
En puise dans ses yeux l'éclat héréditaire.

La Renommée accourt, et du chant triomphal
Ses cent voix font pour lui retentir le signal,
Prête à l'instruire à vaincre en voyant la lumière.

De ses états soumis l'Europe toute entière
S'empresse d'envoyer des rois ambassadeurs,
Dont les mains, sur le seuil du jour et des grandeurs,
Offriront ses tributs au prince que pour maître
L'univers enchanté demande à reconnaître.

Rome attend son monarque, et dans ses doux concerts
D'Horace sur Drusus répète ces beaux vers :
« La vertu des parents leur survit dans leur race ;
« Le fort seul donne au fort l'existence et l'audace ;
« Et, planant dans les airs, les aigles aguerris
« N'ont jamais enfanté les oiseaux de Cypris. »

De ce chant prophétique entendant l'harmonie,
L'antique souverain des fleuves d'Ausonie,
Le Tibre au loin tressaille, et de son lit doré
Levant soudain son front de roseaux entouré,
S'élançant tout entier de ses grottes profondes,
Donne à son roi futur le salut de ses ondes.

Ces mouvements du Tibre ébranlent les tombeaux.
Les mânes glorieux des sages, des héros,
Dont le noble concours sur sa rive ramène
Le colosse imposant de la grandeur romaine,
Sortent des vieux cercueils où l'art grava leurs noms ;
Et, spectres animés, debout sur les sept monts,
Dressant avec orgueil leurs têtes couronnées
Du bandeau lumineux des ombres fortunées,
Admirent l'appareil, où les hymnes, l'encens
Suivent Napoléon dans leurs murs renaissants,
Sentent leur gloire entière, autrefois infinie,
Pâlir près des rayons de son puissant génie,
Révèrent son épée, instrument des destins,
Et son étoile heureuse, et ses vastes desseins ;
Et d'héroïques feux leurs ames échauffées
Applaudissent en chœur à de si grands trophées.

La Victoire, pleurant sur ses Romains chéris,
Et qu'on voyait errer au milieu des débris
De son temple brisé par la main des barbares,
Aujourd'hui, de l'éclat des marbres les plus rares
Sous un riche ciseau reconstruit ses autels,
Que de Napoléon, le premier des mortels,
La statue affermit de ses traits tutélaires,
Comme les dieux présents au fond des sanctuaires.

Le Capitole antique, à ses honneurs rendu,
Cesse de déplorer son empire perdu,
Et ses dieux exilés, et ses foudres éteintes;
De vingt siècles jaloux il brave les atteintes;

Et le roc tarpéïen, qui domine l'éther,
Sent tonner sur sa cime un nouveau Jupiter.

Voilà quelles faveurs t'offrent les cieux propices,
Enfant prédestiné : sous ces brillants auspices,
Parais donc, viens au jour : les yeux à peine ouverts,
Tu recevras en dot cet immense univers.
Fort du génie actif qu'il obtint en partage,
Ton père à chaque instant t'en fonde l'héritage.
Il subjuguera tout : Albion, sans appui,
Courbera de son front la fierté devant lui,
Gémira sur le deuil de la triste Tamise
Par ce bras invincible attaquée et soumise;
Et, se laissant des mers arracher le trident,
Subira l'équilibre, et le sage ascendant
De cette antique loi, qui, née avec le monde,
Rendra le genre humain le seul maître de l'onde.

Puissent, lorsque la terre y reprendra ses droits,
La Seine et le Danube, ennemis autrefois,
Maintenant dans leurs nœuds oubliant leurs querelles,
Joindre les intérêts de leurs eaux fraternelles,
Et le commerce voir leurs canaux enrichis
Porter à l'Océan ses trésors affranchis !
Puissent enfin près d'eux, dans leurs terribles serres
D'un accord magnanime unissant leurs tonnerres,
Les aigles des Français, les aigles des Germains,
Dont le vol aux combats conduisait les Romains,
Guider plus fièrement aux champs de la victoire
Deux peuples généreux, autres fils de la gloire,
Et, de leurs cris joyeux frappant au loin les airs,
D'une aile triomphante embrasser l'univers !

QUATRIÈME ÉGLOGUE

DE

VIRGILE

EXPLIQUÉE PAR LE SIÈCLE

DE NAPOLÉON.

NOVI SÆCULI INTERPRETATIO.

SICELIDES Musæ, paulo majora canamus;
Non omnes arbusta juvant, humilesque myricæ.
Si canimus silvas, silvæ sint Consule dignæ.

Ultima Cumæi venit jam carminis ætas;
Magnus ab integro sæclorum nascitur ordo.
Jam redit et Virgo, redeunt Saturnia regna;
Jam nova progenies cælo demittitur alto.

Tu modo nascenti puero, quo ferrea primum
Desinet, ac toto surget gens aurea mundo,
Casta, fave, Lucina : tuus jam regnat Apollo.

Teque adeo decus hoc ævi, te Consule, inibit,
Pollio, et incipient magni procedere menses :
Te duce, si qua manent sceleris vestigia nostri,
Irrita perpetua solvent formidine terras.

Ille deûm vitam accipiet, divisque videbit
Permixtos heroas, et ipse videbitur illis;
Pacatumque reget patriis virtutibus orbem.

At tibi prima, puer, nullo munuscula cultu,

LE NOUVEAU SIÈCLE.

Muses de Sicile, essayons des chants un peu plus élevés : les vergers, les humbles bruyères ne plaisent pas à tout le monde. Si nous chantons les bois, rendons les bois dignes d'un Consul.

L'oracle est accompli ; les temps marqués par la Sibylle sont arrivés. Le grand cercle des âges a roulé tout entier sur lui - même, et recommencé son tour. Astrée revient parmi nous ; le règne de Saturne revient avec elle : une nouvelle race d'hommes descend du haut des cieux.

Je t'implore pour l'enfant qui va naître, pour l'enfant dont les premiers regards chasseront le siècle de fer, et ramèneront l'âge d'or ; viens, chaste Lucine, préside à sa naissance : tu le dois, ton Apollon règne aujourd'hui sur l'univers.

Et toi, dont les faisceaux verront briller l'aurore de ces beaux jours, et s'avancer avec majesté les mois de ce grand siècle de gloire, ô Pollion ! c'est sous tes auspices que les traces de nos crimes, s'il en reste encore, seront effacées pour jamais, et que la terre sera délivrée de ses éternelles alarmes.

Oui, cet enfant vivra de la vie des dieux ; il verra les héros mêlés parmi les immortels, et les héros le verront lui-même au milieu d'eux : roi du monde en paix, il fera monter sur son trône les vertus de son père.

Enfant divin, reçois les prémices de la terre, faibles présents nés sans culture et dignes de ton âge : pour toi

4

Errantes hederas passim cum baccare tellus,
Mixtaque ridenti colocasia fundet acantho *.

Ipsæ lacte domum referent distenta capellæ
Ubera, nec magnos metuent armenta leones.
Ipsa tibi blandos fundent cunabula flores.
Occidet et serpens, et fallax herba veneni
Occidet; Assyrium vulgo nascetur amomum *.

At simul heroum laudes et facta parentis
Jam legere, et quæ sit poteris cognoscere virtus;
Molli paulatim flavescet campus arista,
Incultisque rubens pendebit sentibus uva,
Et duræ quercus sudabunt roscida mella.

Pauca tamen suberunt priscæ vestigia fraudis,
Quæ tentare Thetim ratibus, quæ cingere muris
Oppida, quæ jubeant telluri infindere sulcos.

Alter erit tum Tiphys, et altera quæ vehat Argo
Delectos heroas; erunt etiam altera bella,
Atque iterum ad Trojam magnus mittetur Achilles.

Hinc, ubi jam firmata virum te fecerit ætas,
Cedet et ipse mari vector, nec nautica pinus
Mutabit merces : omnis feret omnia tellus.

Non rastros patietur humus, non vinea falcem;

* Voyez la Flore de Virgile, tome VIIIᵉ de cette édition.

la terre féconde prodiguera partout le lierre flexible et tor-
tueux, le palmier qui couronne la victoire, et ces plantes
mystérieuses qui détournent les attaques de l'envie.

La chèvre vagabonde regagnera d'elle-même le hameau
en traînant ses mamelles gonflées d'un lait pur : la gé-
nisse tranquille ne craindra plus la rage des lions. Tu sen-
tiras éclore de ton berceau même les plus aimables fleurs.
La race des serpents périra : elles périront aussi les plantes perfides, avec leurs venins destructeurs; et partout
naîtront les arbustes parfumés de l'Assyrie.

Mais, quand déja tu pourras lire les exploits des héros
et les faits magnanimes de ton père, quand tu pourras
comprendre ce que c'est que la vertu, alors les moissons
spontanées balanceront mollement dans la plaine leurs
cimes jaunissantes; alors la grappe vermeille, suspendue
aux buissons épineux, appellera la main du vendangeur ;
alors la dure écorce des chênes distillera le miel en ro-
sée délicieuse.

Cependant le Génie du mal conservera quelques restes
de son influence passée, et forcera les vaisseaux d'affronter encore les caprices d'Amphitrite, les villes de s'entourer d'une ceinture de remparts, et la terre de livrer
son sein au fer qui la sillonne.

Bientôt un autre Tiphys va guider un autre navire qui
portera l'élite des nouveaux Argonautes : la guerre rallu-
mera son flambeau, et Troie reverra devant ses portes l'invincible Achille.

Lorsque l'âge, développant tes forces, t'imprimera le
sceau de la virilité, le nautonnier lui-même fuira l'empire de Neptune, et les sapins navigateurs n'échangeront
plus les trésors d'un sol étranger : tout climat produira
toutes choses.

4.

Robustus quoque jam tauris juga solvet arator.

Nec varios discet mentiri lana colores :
Ipse sed in pratis aries jam suave rubenti
Murice, jam croceo mutabit vellera luto;
Sponte sua sandyx pascentes vestiet agnos.

Talia sæcla, suis dixerunt, currite, fusis,
Concordes stabili fatorum numine Parcæ.

Aggredere ô magnos, aderit jam tempus, honores,
Cara deum soboles, magnum Jovis incrementum !
Adspice convexo nutantem pondere mundum,
Terrasque, tractusque maris, cælumque profundum;
Adspice venturo lætentur ut omnia sæclo.

O mihi tam longæ maneat pars ultima vitæ,
Spiritus, et quantum sat erit tua dicere facta !
Non me carminibus vincet, nec Thracius Orpheus,
Nec Linus; huic mater quamvis, atque huic pater, adsit,
Orphei Calliopea, Lino formosus Apollo.

Pan etiam Arcadia mecum si judice certet,
Pan etiam Arcadia dicat se judice victum.

Incipe, parve puer, risu cognoscere matrem :

La terre ne sera plus tourmentée par les dents de la herse ; la vigne ne craindra plus les blessures de l'acier ; le robuste laboureur affranchira du joug la tête de ses taureaux.

La laine n'apprendra plus à mentir aux yeux par des couleurs empruntées : mais le belier, bondissant sur les coteaux, changera naturellement la blancheur de sa toison contre un doux mélange des feux de la pourpre et de l'or du safran ; le sandyx éblouissant teindra de lui-même la robe des agneaux paissants dans la prairie.

« Tournez, ont dit les Parques à leurs fuseaux ; filez ces jours prospères ; et les fuseaux obéissants suivaient, d'un accord unanime, l'immuable décret du destin. »

Avance, il en est temps, marche vers les honneurs suprêmes ; avance, cher enfant des Dieux, noble et digne rejeton du grand Jupiter : ouvre les yeux ; vois s'ébranler à la fois et l'axe éternel du globe, et les entrailles de la terre, et les abîmes de l'océan, et la voûte impénétrable des cieux ; enfin, vois l'univers tout entier tressaillir de joie aux approches de ton siècle.

Oh ! s'il m'était donné de reculer assez loin le dernier terme de ma vie !.... Si je pouvais conserver assez de force et d'haleine pour célébrer tes hauts faits ! non, je ne serais vaincu ni par les accents de Linus, ni par la lyre d'Orphée, quand ils seraient inspirés, le chantre de la Thrace, par sa mère Calliope, et Linus, par le bel Apollon, son père.

Que dis-je ! le dieu Pan, s'il osait me défier devant l'Arcadie, juge du combat ; le dieu Pan lui-même, au jugement de l'Arcadie, s'avouerait vaincu par mes chants.

Commence, jeune enfant, à connaître une mère à son

Matri longa decem tulerunt fastidia menses ;
Incipe, parve puer : cui non risere parentes,
Nec deus hunc mensa, dea nec dignata cubili est.

doux sourire. Ta mère a supporté de longues souffrances durant dix mois de langueur; commence donc à la connaître : l'enfant à qui n'ont pas daigné sourire les auteurs de ses jours, n'a point mérité l'honneur de s'asseoir à la table d'un dieu, ni d'entrer au lit d'une déesse.

LE SIÈCLE DE NAPOLÉON.

O vous, Muses de la Seine, de l'Éridan et du Tibre, qui n'avez encore entendu célébrer la splendeur de nos destins que sur la flûte des bergers et la lyre de Polymnie;

Et vous, Muses de Parthénope, qui veillez près du mausolée de Virgile, rassemblez-vous sur le Parnasse français; la France et l'Italie ne font plus qu'un seul empire : venez donc, Muses des *Deux - Siciles*, inspirez - nous des chants nouveaux, des sons héroïques :

> Sicelides Musæ, paulo majora canamus.

Mais quittez le champêtre chalumeau :

> Les chansons des bergers, les prés et les bocages
> Sont pour nous désormais de trop faibles images !
>
> (J. B. Rousseau.)

> Non omnes arbusta juvant, humilesque myricæ.

Si pourtant vous préférez la paix des campagnes et l'ombre solitaire des bois, chantez dans l'asile du bonheur, et que vos accents soient dignes du héros qui opère tant de prodiges.......

> Si canimus silvas, silvæ sint Consule dignæ.

Le dernier siècle de la monarchie avait commencé par des malheurs humiliants; ensuite, agité par les principes de l'erreur, couvant les germes de la licence, rempli d'un levain de discorde qui fermentait dans les cœurs, il continuait sa marche inquiète, audacieuse, turbulente; il menaçait de saper l'édifice social jusque dans ses antiques fondements : les sages crurent entendre à l'horizon ces bruits sourds qui présagent la tempête ; ils annoncèrent, dans leurs ouvrages prophétiques , la sédition des peuples, l'aveuglement des rois, la destruction des autels ; et l'année qui vit tomber la troisième dynastie, ne démentit point leurs prédictions : les oracles de la sagesse étaient accomplis :

Ultima Cumæi venit jam carminis ætas.

Alors la France entière semblait replongée dans le chaos ; les éléments qui composent une nation civilisée se livraient la guerre, et se heurtaient au milieu des *ténèbres visibles :* les années roulaient confondues dans un espace désordonné ; le temps lui-même était comme le crime..... c'est-à-dire sans nom et sans mesure !....

Mais tout mal qui est extrême touche à son dernier terme : c'est l'espérance qui rend à son tour cet oracle......

Ultima Cumæi venit jam carminis ætas.

Il fallait une puissance surnaturelle pour faire jaillir des abîmes du désordre les siècles de paix et de gloire ; et cette puissance s'est rencontrée.

Le monde, depuis sa création, n'aura point vu d'époque plus mémorable : c'est une ère nouvelle qui rouvre la marche pompeuse des âges :

Magnus ab integro sæclorum nascitur ordo.

La justice, exilée par nos crimes, redescend sur la terre ; elle est rentrée dans son temple : son code est dans ses mains, et ses adorateurs, unis dans la même doctrine, se pressent en foule vers son sanctuaire :

Jam redit et Virgo......

Ce code règne et sur nous et sur les nations les plus éloignées; il leur commande avec cet empire souverain que prennent sur tous les esprits la sagesse et l'équité.....

Napoléon gouverne après l'anarchie, comme Saturne après le chaos :

.... redeunt Saturnia regna.

La face de la France est renouvelée; ses peuples sont ramenés à l'honneur, à la vertu : c'est une autre race d'hommes :

Jam nova progenies.......

Et pour leur imprimer à jamais un caractère de prééminence sur tous les peuples de la terre, un nouveau chef nous est accordé par la Providence : une dynastie féconde en héros, consacrée par la victoire, descend du séjour céleste :

Jam nova progenies cælo demittitur alto.

Par lui seul la férocité des mœurs , la barbarie du langage, les hurlements de la fureur, la tyrannie de l'ignorance, en un mot, l'âge de fer a disparu de nos contrées :

.... quo gens ferrea primum
Desinet.......

Par lui seul la tranquillité se rétablit dans l'État, et la concorde dans les familles : la grace et l'urbanité françaises sont rentrées dans les villes et dans les palais ;

les lettres, les sciences et les arts travaillent à l'ornement, au bonheur de la France : et ce bonheur est l'âge
d'or véritable, le seul que le monde puisse et doive es-
pérer :

       . . . . ac toto surget gens aurea mundo.

Les Muses reviennent à la cour d'Apollon. O patrie !
le dieu de la lumière appelle tes enfants aux écoles de la
vérité; les sophismes, l'erreur et la fraude sont vaincus :
la raison règne avec lui :

       . . . . tuus jam regnat Apollo.

Ces jours fortunés sont les premiers jours, et du dix-
neuvième siècle, et du consulat de Napoléon, qui prennent en même temps leur essor vers l'immortalité :

    Teque adeo decus hoc ævi, te Consule, inibit,
    Napoleo. . . . .

Déja cette époque de régénération s'ouvre par des
mois mystérieux, qui s'annoncent avec une religieuse
solennité. Les destinées du monde s'ordonnent dans le
sanctuaire impénétrable d'une haute méditation. Pour
les fixer d'une manière irrévocable, il ne faut au génie
que deux mois, et l'armée de réserve : *O menses magni!*
Ils s'avancent sous nos yeux avec la majesté du vainqueur de Marengo.

Écoutez l'harmonie imposante de ce vers :

       . . . . et incipient magni procedere menses.

Napoléon commence à gouverner; et si quelques lois

de rigueur subsistent encore, malgré sa clémence ; s'il reste quelques souvenirs de révolte et de guerre civile :

Te duce, si qua manent sceleris vestigia nostri,

toutes les traces du crime seront bientôt effacées.

Déja les vents contagieux des séditions populaires sont renfermés dans les prisons ; les rois ne pâlissent plus sur leurs trônes : le calme de la France fait la sécurité de l'Europe, et la terre se repose de ses longs ébranlements :

Irrita perpetua solvent formidine terras.

Mais comment consolider, comment affermir, sur des bases neuves et indestructibles, le système politique de l'univers ? Sa garantie dépend de la stabilité du gouvernement français. Il faut à l'Empire un héritier : le fils de Napoléon va naître :

Tu modo nascenti puero......

Il vivra de la vie des immortels : animé du souffle des dieux, il sera leur image :

Ille deum vitam accipiet.......

Il verra les lieutenants du grand capitaine élevés au rang des rois et mêlés aux dieux de la terre :

.... divisque videbit
Permixtos heroas.......

Son jeune cœur palpitera pour la gloire ; il voudra se montrer au milieu des camps, sous les tentes du soldat : il sera fier de commander un jour à des Français :

.... et ipse videbitur illis.

Le monde pacifié sera son héritage incontestable :

et sur le trône avec lui resteront assises les vertus de son père :

Pacatumque reget patriis virtutibus orbem.

Voilà sous quels auspices il ouvrira les yeux à la lumière...... Mais quelles souffrances vont déchirer les flancs augustes qui portent l'espoir et le salut du monde !

Viens donc, ô chaste Lucine ! amène avec toi les anciens pontifes du dieu d'Épidaure, l'élite éprouvée de ces bienfaiteurs de l'humanité que ton frère Apollon, *Tuus Apollo*, forma lui-même sur le modèle du grand Hippocrate. Abrége les douleurs d'un laborieux enfantement, secourable déesse ! entends ce cri déchirant, *Sauvez la mère !* cri touchant et sublime qui retentira dans la postérité, comme il a retenti dans nos cœurs ! Vois la patrie en larmes qui t'implore à genoux et pour la mère et pour le fils :

Casta, fave, Lucina........

Enfin il est né : à peine a-t-il vu le jour, que la terre s'empresse d'apporter en tribut, à l'héritier de son maître, les prémices de sa fécondité :

At tibi prima, puer, fundet munuscula tellus.

Et la reine des cités a devancé ce trop faible hommage......

Un berceau, soutenu par les Génies de la force et de la justice, entouré de lierre et de lauriers, parsemé d'étoiles et d'abeilles d'or, couronné par la Gloire et balancé par les douces haleines des vents printaniers, a reçu l'En-

fant-Roi sur des touffes de fleurs, dont les parfums em-
baument le premier souffle de vie qu'il respire :

Ipsa tibi blandos fundent cunabula flores.

Commence, aimable enfant, à connaître une mère à
ses caresses, à son doux sourire :

Incipe, parve puer, risu cognoscere matrem.

Elle a vu son fils ! elle ne se souvient plus ni de ses
pénibles langueurs, ni de ses longs dangers :

Matri longa decem tulerunt fastidia menses.

O prince, accordé par le ciel, premier-né du grand
Empire, tes augustes parents te contemplent avec délices,
et s'enivrent des espérances d'un avenir sans bornes !
Commence donc à connaître un père aux transports de
son allégresse :

Incipe, parve puer........

Tu sauras un jour ce que c'est que le sourire paternel : cent peuples te diront que sa bienveillance seule
vaut mieux qu'une armée innombrable pour obtenir et
conserver des royaumes.

Et quand tu demanderas comment les rois de la terre
sont tombés de leur trône, l'histoire, ou plutôt la poésie,
qui est la véritable histoire des héros, te répondra par
ces paroles.. . . . .

.. . . cui non risere parentes,
Nec deus hunc *solio*, dea nec dignata cubili est.

Déja Clio te réclame ; elle t'enlève aux chastes mains
de la Minerve qui veilla sur tes premières années : elle
ouvre ses fastes sévères, et déroule à tes yeux l'imposante

succession des hommes qui seront à jamais l'orgueil de la France; elle s'arrête avec amour sur Charlemagne, Bayard et Turenne, sur Desaix et Montébello......

> At simul heroum laudes........

Clio ne compte pas les siècles qui se traînent dans la mollesse et l'inaction : ils ont passé comme l'ombre, et sont jetés comme des cadavres dans la nuit du cercueil.

Ton père t'enseignera lui-même les annales de son règne; et tu verras bientôt que, dans le cercle étroit de quelques années, il a su renfermer plusieurs siècles de gloire; que tous les jours de cette vie admirable sont pleins et immortels; qu'il n'est point de renommée militaire, chez les anciens, ni chez les modernes, que, même avant d'avoir parcouru la moitié de sa course, n'ait déja surpassée de bien loin sa renommée :

> .... et facta parentis
> Jam legere..........

Alors il t'apprendra ce que c'est que l'honneur et la vertu; quelles traces tu dois suivre pour être grand dans la mémoire des hommes :

> .... et quæ sit poteris cognoscere virtus.

Tu chériras surtout les habitants des campagnes; tu ne souffriras point qu'on arrache au laboureur le salaire de ses travaux : lui-même il offrira son tribut annuel à la patrie, et l'agriculture étendra de plus en plus ses riches conquêtes sur les landes arides, sur les marais infects, et sur les montagnes désertes...... Là, tu verras les moissons, doucement caressées par le souffle des zéphyrs, agiter leurs épis dorés en vagues ondoyantes :

> Molli paulatim flavescet campus arista.

Le pampre ira revêtir de ses grappes vermeilles les rochers incultes et buissonneux :

Incultisque rubens pendebit sentibus uva.

La science, qui soumet à ses calculs tous les produits de la nature, découvrira, dans les racines grossières de nos jardins et dans les fruits sauvages de nos forêts, un suc délicieux prêt à remplacer la liqueur du roseau des Antilles :

Et duræ quercus sudabunt roscida mella.

Mais telle est la perversité humaine, qu'au lieu de partager les bienfaits de la nature et des arts, une nation jalouse voudra se réserver l'empire exclusif de la commune patrie des navigateurs :

Pauca tamen suberunt priscæ vestigia fraudis.

Pour combattre ses prétentions tyranniques, il faudra tenter des expéditions maritimes :

Quæ tentare Thetim ratibus........

entourer d'une ceinture de remparts Dantzick, Flessingue, Alexandrie, et ne former de la France entière qu'une seule forteresse qui montre de tous côtés le triple front des guerriers réservés pour sa défense :

.... quæ cingere muris
Oppida........

Déja la marine française prépare, dans le silence, les navires qui lui rendront son antique splendeur; elle forme les courageux successeurs des Duquesne et des Jean-Bart :

Alter erit tum Tiphys........

Nos pavillons iront encore jusqu'aux extrémités du globe porter chez des nations inconnues la gloire de nos armes, les merveilles de notre industrie, les bienfaits de nos lois. Bientôt l'élite de nos guerriers montera sur mille vaisseaux pour attaquer les rivages d'Albion :

> . . . . et altera quæ vehat Argo
> Delectos heroas. . . . . . .

Bientôt les deux peuples rivaux combattront avec fureur, l'un pour affranchir l'Océan, l'autre pour le tenir en servitude;. . . . . l'un pour délivrer les nations, l'autre pour en faire sa proie. . . . . Et les dieux, les justes dieux, témoins du combat, ne seront point partagés. . . . . Bientôt les batailles de la Tamise seront plus fameuses que celles du Scamandre. C'est la Tamise qui veut, qui provoque la guerre! Eh bien!

> . . . . erunt etiam altera bella.

La guerre est un devoir quand elle a pour objet l'indépendance des éléments, la liberté du commerce, l'existence politique des peuples. . . . . .

Oui, quand la guerre se dirige contre les ravisseurs des flottes alliées, contre les incendiaires des cités pacifiques, contre les assassins de l'humanité; oui, la guerre est le devoir du prince qui tient dans sa main le présent et l'avenir :

> . . . . erunt etiam altera bella.

Le mouvement est donné : allez, généreux vengeurs du droit des nations; partez, dévorez l'espace qui sépare les deux rivages : il n'est aucun de vous, j'en atteste ces guerriers qui m'écoutent, il n'est aucun de nos héros qui ne répète chaque jour ces vers du poète :

> J'aurais trop de regret, si quelque autre guerrier
> Au rivage *breton* descendait le premier !

Tremblez donc, ministres de la démence et de la mort ! vous qui ne respirez que la guerre perpétuelle !

Tremble , cité parjure !....... Depuis long-temps l'aigle aux ailes étendues porte et tient en suspens la foudre qui doit te punir : il s'envole un moment vers les régions hyperborées ; mais c'est pour multiplier ton châtiment, et frapper d'abord les aveugles instruments de ton avarice...... Tu vas tomber sous ses coups. De loin, comme de près, l'aigle de la France foudroie avec une force inévitable : bientôt, exilée sur les mers, *tu te tairas* même *au milieu des flots*, qui se taisaient devant toi. *Obmutesces et in medio maris** ! Appelle les vents dans tes voiles ; aborde maintenant les ports de tes complices : ils ne recèleront plus tes coupables pavillons ; le soldat français veille sur toutes les rades de l'Europe : tu n'as plus d'asile que dans la patrie des tempêtes.

Que dis-je ! c'en est fait de tes remparts flottants : Achille a demandé son glaive...... son glaive trempé par un dieu dans les forges de l'Etna ; et cet Achille, appelé du trône de Parthénope, envoyé par le roi des rois, marchera contre la perfide et l'insolente Ilion :

> Atque iterum ad Trojam magnus mittetur Achilles.

Le châtiment d'Albion achèvera le grand œuvre de la

---

* Le prophète Ézéchiel.

paix universelle et de la régénération de l'univers. Et voilà cette ère nouvelle, l'ère de Napoléon!

NOVI SÆCULI INTERPRETATIO.

Alors, quel enchaînement de prodiges! Tous les miracles de l'âge d'or se réalisent sous nos yeux; et si quelqu'un osait en douter, qu'il écoute un oracle infaillible, les Parques disant à leurs fuseaux : Hâtez-vous de filer des jours si prospères :

Talia sæcla, suis dixerunt, currite, fusis.

Les Parques obéissent à la volonté de l'homme qui maîtrise la fortune, et dont les décrets sont les arrêts du destin:

Concordes stabili fatorum numine Parcæ.

Encore quelques années! et ces brillantes prophéties s'accomplissent : Napoléon revêt son fils de la pourpre impériale; et monté sur le char du triomphe, il conduit le roi de Rome à son Capitole: c'est là qu'il le couronne et le consacre lui-même au grand art de régner :

Aggredere ô magnos, aderit jam tempus, honores!

C'est du sommet des collines éternelles qu'il le montre à l'univers; et l'univers, surpris de revoir un maître dans un temple qu'il croyait renversé, se prosterne avec respect devant le fils des dieux, le digne fils du grand Jupiter :

Cara deum soboles, magnum Jovis incrementum!

C'est là que Napoléon redit à la terre, et pour la sécurité des peuples et pour l'instruction des rois, cette

5.

immortelle et sainte vérité qu'il prononçait en recevant les rênes de l'Empire :

« La paix est le premier des besoins, comme elle « est la première des gloires. »

A ces mots, la nature entière a tressailli d'espérance, et donné le signal du bonheur :

Adspice convexo nutantem pondere mundum.

Tous les éléments ont accepté l'augure ; le globe de la terre s'est agité sur son axe éternel ; l'Océan mugit et bouillonne dans ses abîmes ; les voûtes profondes des cieux retentissent dans leur incommensurable étendue :

Terrasque, tractusque maris, cælumque profundum.

L'Olympe s'ouvre ; et la paix, qui descend avec le siècle de Napoléon, remplit le monde des transports de la divine allégresse :

Adspice venturo lætentur ut omnia sæclo.

Quel sera le chantre, inspiré par Virgile, qui vivra d'assez longues journées pour célébrer tant de merveilles !

O *cui* tam longæ maneat pars ultima vitæ !

Quel poëte trouvera dans son talent assez de force, assez d'élan pour tenter cette immense carrière !

Spiritus, et quantum sat erit tua dicere facta !

J'entends de tous les côtés les Bardes contemporains préluder sur la lyre aux chants de l'Épopée, et demander

à la harpe d'Homère les inspirations perdues depuis tant
de siècles.

Chantez donc, nobles enfants des Muses, chantez
Napoléon, assis sur le trône impérial, au milieu de
ministres, dignes confidents de quelques-unes de ses
pensées ; ou, la foudre en main, traversant d'un vol
rapide les campagnes, les villes, les rochers, les fleuves,
les mers de l'Europe, les sables mouvants de l'Afrique,
les déserts brûlants de l'Asie.

Imitez, dans vos chants homériques, l'orateur qui,
dans ses profondes conceptions, représente le Monarque
« toujours calme et toujours actif, audacieux sans impru-
« dence, confiant sans présomption, animé sans empor-
« tement, changeant quelquefois de mesures et jamais de
« résolution *. »

Empruntez au peintre de la bataille d'Austerlitz **
cet habile pinceau qui montre tout à la fois, sur le
visage majestueux du guerrier, « et le calme de la sa-
« gesse, et la sécurité de la prévoyance, et la confiance
« de la force, et la puissance du génie, et le présage
« du triomphe **. »

Alors la France entière, éprouvant les transports
excités par la lyre d'Orphée, par les cantiques de Linus,
et se levant en présence du peintre, de l'orateur et du
poète, vous répondra par des acclamations unanimes :

> Non *vos* carminibus *vincunt*, nec Thracius Orpheus,
> Nec Linus.........

---

* Discours du comte Regnaud de Saint-Jean-d'Angely, prési-
dant l'Institut impérial, le 10 avril 1811.

** Tableau de M. Gérard, membre de l'Institut.

En vain l'Italie, toujours fière d'avoir été la reine du
monde, plus fière encore d'avoir senti les premiers pas
de celui qui va ressusciter son antique destinée ; en vain
l'Italie voudrait ranimer les cendres du Tasse, et repro-
duire, dans son illustre Monti, le chantre de Tancrède
et de Renaud, pour disputer aux enfants de la Seine les
palmes de la reconnaissance et de l'imagination :

> Pan etiam *Italia* tecum si judice certet.

L'Italie elle-même, vaincue dans cette lutte moins
pénible, mais aussi glorieuse que celle des armes, pro-
clamera bientôt sa seconde défaite, et vous reconnaîtra
pour les vainqueurs de ses fils......

> Pan etiam *Italia* dicat se judice victum ;

elle sera contrainte de s'écrier avec le chantre incompa-
rable des Lusignan et des Henri :

> Français, vous savez vaincre et chanter vos conquêtes ;
> Il n'est point de lauriers qui ne couvrent vos têtes.

UNE SÉANCE

DU COURS DE POÉSIE LATINE AU COLLÉGE DE FRANCE.

(*Feuilleton du Journal de l'Empire*, 9 août 1810.)

M. Lemaire a fait dans cette séance, la dernière du cours de cette année, ses adieux au public. Après avoir remplacé pendant deux ans M. Legouvé dans la chaire de poésie latine avec un éclat et un succès dont il restera de longues traces et de longs souvenirs, cet humaniste célèbre rend au possesseur naturel le domaine de l'enseignement public, orné de nouvelles fleurs et enrichi de nouveaux fruits.

Quel professeur en effet répandit jamais plus d'intérêt, de grace, on pourrait dire d'enchantement sur ses leçons? Qui jamais sut mieux convertir en fleurs brillantes les épines même de l'érudition? Quel agrément, quelle vivacité, quel feu, quelle magie dans le débit! Quel art heureux et neuf d'égayer ce que la science et l'enseignement peuvent quelquefois avoir d'un peu sombre et d'un peu triste! Mais en même temps quelle solidité dans les réflexions, quelle nouveauté dans les aperçus, quelle finesse dans l'analyse des secrets de la versification latine, et quel sentiment profond et vrai des beautés de Virgile! J'en atteste cette jeunesse studieuse qui s'empressait pour l'entendre, qui courait en foule à ses leçons comme on court à des spectacles et à des fêtes, et qui se souviendra toujours d'avoir appris de M. Lemaire à mieux sentir, à mieux apprécier le mérite du premier des poètes latins. Désormais elle ne séparera pas dans sa mémoire Virgile et le professeur qui l'expliquait avec tant de force et tant de grace ; et les vives impressions qu'un tel interprète a laissées dans l'esprit de ceux qui l'ont entendu ne s'effaceront de long-temps. Que l'envie nous permette ces justes louanges ; c'est la dernière fois que nous la troublerons : M. Lemaire ne reparaîtra plus au Collége de France.....

La présence de M. Delille avait jeté un grand éclat sur la séance d'ouverture : c'est un avantage inappréciable qui a manqué à celle-ci ; mais M. Lemaire s'en est dédommagé, autant qu'il était possible, en choisissant en quelque sorte pour président M. Binet, proviseur du Lycée Bonaparte, son ancien professeur de rhétorique, homme honoré par cinquante années de travaux dans l'instruction publique, auteur des traductions les plus estimées de Virgile et d'Horace, maître chéri et vénéré de tous ceux dont il a guidé les premiers pas dans la carrière des lettres, et qui n'a laissé que les souvenirs les plus tendres et les plus respectueux dans le cœur de tant de générations qu'il a vues successivement attentives à sa voix éloquente et à ses excellentes leçons : c'est un hommage que M. Lemaire s'est plu à lui rendre publiquement, dans des vers latins qui n'ont pas été un des moindres ornements de cette séance, et que je me plais moi-même à consigner ici, en m'associant à tous les sentiments qu'ils expriment si bien, et que la reconnaissance a depuis si long-temps gravés dans mon ame en traits ineffaçables. Puisse cet honorable vieillard trouver quelque dédommagement de ses longs travaux dans cet amour et ces respects de ses anciens élèves ! Après avoir allégué l'autorité imposante de M. Binet, relativement à quelques passages de Virgile,

« C'est à lui, s'est écrié M. Lemaire, que je dois mon en-
« thousiasme pour Horace et Virgile, et mon goût décidé
« pour la poésie latine; c'est lui qui m'a convaincu de la
« nécessité de composer des vers latins pour mieux sentir
« le mérite de ces deux grands poètes; et son suffrage
« est d'un tel poids dans la circonstance, que je n'en con-
« nais aucun qui puisse raisonnablement lui être oppo-
« sé..... Cette doctrine m'intéresse aujourd'hui plus que
« jamais, puisque c'est aux vers latins que je vais confier
« mes plus chers sentiments. Permettez-moi, Messieurs,
« d'acquitter devant vous la reconnaissance que je dois à
« M. Binet, qui sera toujours mon maître :

> Ille mihi sedet auditor, qui jure cathedram
> Hanc melius teneat; quem nostra Lutetia vidit
> Bis Latio antiquo rectorem, et cujus ab ore
> Olim tot juvenum miratrix turba pependit,
> Dum, per lustra decem, longa cum veste, sacerdos
> Pieridum, penitus Latiæ miracula linguæ
> Panderet, aut sacris Academi egressus ab hortis,
> Non impar, caneret Graiorum oracula vatum;
> Salve, o sancte senex! Plessæi gloria Pindi,
> Doctrinæque decus veteris! Te diva Maronis
> Calliope, te Phœbi interpres Horatius unum
> Nobis esse suum voluit; tibi debita Phœbus
> Sceptra dedit, quum sceptra dabat; nunc respice blando
> Lumine discipulum, et faveas præcepta sequenti :
> Nam mihi semper eris, venias quocumque, magister. »

Combien des digressions si brillantes, où le talent du
poète et de l'orateur éclate à côté de celui du professeur,
ne donnent-elles pas de lustre à une leçon! Et quand ces
morceaux, dans lesquels l'inspiration se fait si vivement
sentir, sont débités avec un feu qui les anime encore, et

soutenus par toutes les graces de l'action, comment les auditeurs ne seraient-ils pas électrisés? Alors ils s'identifient
avec le professeur, ils partagent son enthousiasme, ils
éprouvent ses transports; et leurs profondes émotions
tournent toutes au profit des lettres et des plus nobles sentiments. Mais c'est surtout lorsque M. Lemaire est rappelé
par quelque passage de l'auteur qu'il explique, au souvenir des grandes qualités et de la gloire de l'Empereur,
c'est alors que son langage devient aussi extraordinaire
que les faits même qu'il célèbre : ce n'est plus un orateur, ce n'est plus un poète; sa parole s'élance loin des
routes connues de la poésie et de l'éloquence, et semble
se faire entendre du fond de quelque sanctuaire élevé au-
dessus des hauteurs même du talent et de la portée de
l'art humain. On a pu en faire souvent l'observation dans
le cours de ses leçons; mais ne s'est-il pas encore sur-
passé lui-même dans cette dernière séance? Écoutons-le.
Les louanges que Virgile donne à Auguste réveillent dans
l'ame de l'éloquent professeur le sentiment d'une gloire
plus pure et plus imposante : « Quels sons plus subli-
« mes, s'écrie-t-il tout-à-coup, frapperaient encore nos
« oreilles, si le Dieu qui tient l'avenir dans ses mains eût
« daigné soulever alors le voile qui couvrait la carrière
« prodigieuse du héros de nos jours! Dans quel ravisse-
« ment le poète aurait saisi sa harpe d'or! Dans quel
« divin langage il aurait chanté cet hymne prophéti-
« que!!!... »

. — « Lève-toi, jeune guerrier; l'aurore de ta vie a lancé
« son premier rayon! »

— « Lève-toi, sors des tentes matinales du soldat! »

— « Regarde l'étoile mystérieuse qui luit au centre des

« orages : c'est ton guide..... c'est ton flambeau.....
« c'est le premier astre des cieux. »

— « Prends ce glaive que j'ai trempé moi-même dans
« les antres de Lemnos. »

— « Reçois cette égide éternellement impénétrable aux
« traits de la fortune. »

— « Que le secret des destinées du monde demeure
« enfermé dans le sanctuaire de tes méditations. »

— « Triomphe des Alpes et de l'Italie. »

— « Il faut vaincre les Alpes et l'Italie avant de com-
« mander aux nations. »

— « Va..... suis cet aigle précurseur qui porte tes
« foudres vers l'Orient : sa trace lumineuse te marque le
« chemin de la victoire et de l'immortalité. »

— « Déja Neptune, indigné contre ses tyrans, courbe
« ses ondes obéissantes devant son libérateur; il livre
« dans tes mains et son trident et la terre des Pha-
« raons. »

— « A ton approche, le Nil a tremblé jusque dans
« ses sources inconnues; et du sommet des Pyramides,
« les générations rassemblées depuis quarante siècles te
« contemplent..... et t'admirent!!! »

— « Mais reviens sauver ta patrie : elle implore ton
« génie et ton bras. »

— « L'antique Memphis te redemande en vain : l'Afri-
« que te reverra quand tu auras achevé le bonheur de
« l'Europe. »

— « Mais reviens étouffer l'hydre aux cent têtes dévo-
« rantes, l'hydre qui se ranime incessamment, et qui re-
« naît du sang de ses victimes. »

— « Les factions opposées entre elles s'écartent devant

« toi, et te laissent passer en disant avec surprise : Cet
« homme-là marche où il est appelé. »

— « Tu terrasses les rois rebelles ; tu protéges les rois
« soumis. »

— « Tu distribues les trônes à tes fidèles compagnons
« d'armes : tous les sceptres sont un don de tes mains. »

— « Tes paroles sont immuables comme le destin. »

— « Les oracles sont accomplis : je te vois assis sous
« le dais impérial. »

— « Le soleil n'a rien vu de plus grand que ton Em-
« pire, qui s'agrandit toujours. »

— « A ta voix, l'Hymen sort du temple de Janus et
« le referme ; il te remet le gage de la paix, et prépare le
« bonheur de la postérité. »

— « Les nations reconnaissantes t'appellent au Capi-
« tole. »

— « Le char et la couronne attendent le triompha-
« teur. »

— « La ville éternelle est à toi ; et sa première gloire
« sera désormais d'être la seconde cité de ton Empire. »

— « L'univers se tait devant toi ; il s'incline avec res-
« pect : il salue son maître. . . . . et ce maître. . . . . c'est
« NAPOLÉON !! »

> Tu regere imperio populos, vir magne, memento ;
> Parcere subjectis et debellare superbos !

L'enthousiasme le plus vrai a pu seul inspirer de telles
expressions ; la chaire de poésie latine, accoutumée aux
vers des plus grands poètes de l'antiquité, s'est étonnée
d'entendre des accents si nouveaux : on eût dit que le professeur était assis sur le trépied de Delphes ; mais bientôt
passant du grave au doux, et descendant des régions su-

blimes où le sentiment d'une vive admiration l'avait trans-
porté, il s'est plu à s'environner, par la pensée, de tous
les savants dont s'honore le Collége de France, pour payer
à chacun d'eux un juste et fraternel tribut de louanges :
« Mes vœux sont comblés, Messieurs, a-t-il dit; vous re-
« verrez bientôt Legouvé, brillant de gloire et de santé,
« recommencer le cours de l'année qui va suivre, et,
« fort de son imagination, plein d'une verve nouvelle,
« marcher à d'autres succès dans tous les genres de poé-
« sie ; ressaisir d'une main ferme le poignard de Melpo-
« mène, et faire encore briller sur la scène française le
« talent à qui nous devons la *Mort d'Abel* et la *Mort de*
« *Henri IV*. Il reviendra s'asseoir parmi ces hommes jus-
« tement célèbres qui remplissent avec tant de distinction
« les chaires nombreuses de cette école unique en Europe,
« où l'on trouve tous les jours, à toute heure, et pour
« toutes les sciences, des lumières assurées et des guides
« infaillibles ; et quand je pense que mon nom obscur
« s'est trouvé placé parmi ces noms illustres, durant l'es-
« pace de deux années, je ne puis me défendre d'une douce
« et secrète satisfaction, qui n'est pas, sans doute, et qui
« ne sera jamais de l'orgueil. » A ces doux et nobles sentiments de modestie et de confraternité, M. Lemaire a
mêlé les souvenirs de la première éducation, et de ces
temps du collége qu'on ne se rappelle jamais sans attendris-
sement, et que retraçaient à sa pensée l'aspect même des
lieux et le voisinage de ces antiques maisons qui furent
nos berceaux littéraires : « Elle s'augmente, a-t-il ajouté,
« cette satisfaction, par l'aspect de ces lieux si chers à
« mon enfance, par le souvenir de ces jeux innocents qui
« l'ont embellie, de ces rivaux qui m'ont aimé malgré

« leurs nombreux succès, de ces maîtres savants et mo-
« destes qui voulaient, par une route laborieuse, nous
« conduire, disaient-ils, à la gloire et au bonheur.....
« Oh! qu'êtes-vous devenus, bonheur de l'adolescence,
« gloire des premières études, amitié du collége, amitié
« sincère et désintéressée, qui comptais aussi tes jeunes
« héros? Quoi! vous-mêmes, vous n'étiez que des illusions
« passagères!.... Ah! revenez dans mon ame!..... Je
« m'attache à votre ombre.... J'embrasse votre image!....
« C'est vous, vous seuls, qui, jusqu'au tombeau, me con-
« solerez de l'injustice des hommes..... Oui, oui, mes
« dernières pensées, mes dernières paroles seront pour
« vous..... pour mes amis..... pour ma patrie et pour
« notre Empereur! » C'est par cette péroraison touchante
que le sensible professeur a terminé cette dernière leçon :
il pleurait, et des larmes ont coulé des yeux de plus d'un
de ses auditeurs. Il quitte ces autels de la poésie antique;
il quitte ce ministère sacré, auquel les Muses latines elles-
mêmes semblaient l'avoir appelé : elles le suivent en deuil;
elles lui forment un cortége; et sa retraite, honorée de
tant de regrets, est un triomphe!

DUSSAULT.

ORATIO

TAURINI HABITA [1], QUUM THESIM PROPUGNARET L. DE-
MARGHERITA, JURECONSULTORUM COLLEGIO AGGRE-
GANDUS.

Etsi valde vereor, auditores spectatissimi, ne post elo-
quentes tot præclarissimorum doctorum disputationes
temere facere videar, qui hospes ad disserendum sur-
rexerim : tamen periculosæ plenum opus aleæ susci-
pere audebo, si prius, et moderatores hujusce rei litterariæ vigilantissimi [2], et amplissimi jurisconsultorum
ordinis clarissimus præses [3] favere mihi non dedignati
fuerint; si me, utcumque disceptantem, benigne exceperit
ornatissima adstantium corona, et præsertim si ante omnes adesse mihi volueritis, o vos ambo celeberrimi [4] viri,
quorum recentis præsentiæ beneficio jamdiu Taurinensis
Universitas tandem voti damnata exsultat, et superbit ;
vos quibus tamquam ornamento eximio gloriatur princeps Galliarum Academia ; vos denique , quibus inspi-
cienda curandaque gallicæ juventutis fata commisisse

[1] Le 21 thermidor an XI.

[2] Les citoyens Fallette Barol, D'Saluces, et Baudisson, membres
du Conseil d'Instruction publique.

[3] Le citoyen Colla, président du collége de droit.

[4] Les citoyens Villars et Lefèvre Ginneau, inspecteurs généraux
de l'Instruction publique. Quelques malveillants avaient publié
que les écoles spéciales de l'Université allaient être détruites ,
celles de médecine exceptées. Les craintes ne se dissipèrent qu'à
l'arrivée des inspecteurs généraux.

primus reipublicæ nostræ Consul idem et pater sibi gratulatur. Verum jam audire mihi videor quam plurimos inter se auribus insusurrantes, et sollicitos circa me, rogantesque invicem : Unde audax iste *extra locum* erumpit? Quænam est ista vox quæ peregrinum quiddam, et agreste personat? Parcite, doctores præclarissimi, si tam inopinus, tam ignotus in mediam arenam descenderim : non equidem ex vobis unus, neque vester commilito ; sed in musarum parisiensium castris olim gregarius miles, nunc veteranus, et emeritus, nec jam docti *patiens vulneris, atque solis,* ut egregie cecinit lyricorum latinorum princeps, nec jam armis *livida gestans brachia :* et me votiva in Apollinis templo tabella indicat, jampridem ad parietem potentis scientiarum Dei, stylum diuturno bello defunctum suspendisse. Ignoscetis igitur, si quid non modo *extra locum,* verum etiam extra morem peccare quibusdam fortasse videar : ignosces, et tu, ornatissime doctor [1], si non solito campo tela insueta depromserim ; non a tergo te, neque per cuniculos adoriar, subdolus insidiator; sed palam, luce media, et aperto marte, ut gallicorum militum mos est, congredi tecum ardeo, quamvis non una te insignem victoria, non uno te nobilitatum triumpho videam.

Après cet exorde écouté avec bienveillance, le citoyen Lemaire a combattu diverses propositions de la thèse. Les objections et la réponse ont duré plus de trois quarts d'heure, pendant lesquels on a également admiré l'élégance et la pureté continuelle de leurs expressions latines. Enfin le citoyen Lemaire a terminé par le morceau suivant, et s'est adressé au jeune homme en ces termes :

Vicisti, ornatissime doctor; pharetra mea telis penitus

[1] Le citoyen Demargherita, âgé de 19 ans.

exhausta est; sagittas etiam, et arcum confregisti : stas igitur in cathedra tua nunc lætus, ac velut in triumphali curru, profligatis aggressoribus laureatus ; stas, et victor, et juvenis, et tamen modestus. Vix primum adolescentiæ curriculum ingressus, jam ad multos gloriæ civilis apices rapido gradu pervenisti : videlicet sic voluerunt, et ingenii tui felix natura, et labor ille improbus, qui vincit omnia, et benevolæ professorum clarissimorum lucubrationes, et pie liberales eximii patroni tui [1] curæ, quibus aucta, et roborata crevit tam egregia indoles. Macte animo, generose puer ! Sic aliquando, et par institutoribus tuis, et dignus incedes, quem in suum collegium cooptavisse amplissimus jurisconsultorum ordo sibi mox gratuletur. O vere felicem talibus magistris juventutem ! O vere felices, et tali juventute magistros ! Ita nimirum est : o vos, nobile par academicorum, audivistis jam et professores, et discipulos; nemo nemini defuit : postquam vero ea omnia, quæ ad excolenda rite ingenia, et ad recte administrandam Athenæi hujusce fortunam pertinent [2], oculis sagacibus introspexeritis ; postquam in magistris doctrinæ eruditioris succum, et paternum in instituendo vigilandoque studium; postquam in discipulis docilem discendi aviditatem, et gratos memoresque in obsequendo animos agnoveritis, tum totam hanc Taurinensem Universitatem, tam sævis tot sæculorum vicibus superstitem, velut ingentem columnam

[1] Le citoyen Bonissan, membre du collége de droit.

[2] La commission extraordinaire de l'Athénée, composée des citoyens Cavalli, Berton, Laugier, Negro et Dalpozzo, et la direction économique de l'Athénée, composée des citoyens Marentini, directeur; Viretti et Accelli, adjoints.

per ruinas cum antiqua majestate stantem reperietis.
Et tantum aberit ne quid detrimenti in qualibet augusti
hujus ædificii parte adferatur, ut etiam vos litteratorum
hominum anxios animos dictis mollibus refoventes ,
propriisque confirmantes exemplis , et experientiæ sa-
pientiæque legibus innixi felicitatem harum regionum
incolis, novum litteris splendorem, et toti patriæ decus
adfueritis conciliaturi.

Potenter adjuvabit vos supremus horum populorum
administrator [1], qui in his Galliæ Subalpinæ partibus ,
dignus primi Consulis legatus idem et vicarius, conspi-
cuum absolutæ virtutis exemplar omnibus esse possit;
testes appello, et vos hujusce Athenæi sapientissimi moderatores, et vos professores ac doctores præclarissimi,
qui prudentiam illius et munificentiam experti, non
modo illum propter justitiam et probitatem, atque sua-
vissimos mores diligitis, verum etiam propter incre-
dibilem in restaurandis [2], promovendisque [3] bonarum
artium disciplinis ardorem suspicitis et veneramini: num-
quam vos beneficiorum suorum, et summæ providentiæ
immémores, quibus semper utitur, ut omnes Subalpinæ,
Transalpinæque gentis animos dulcissimo fraterni amoris
vinculo jungat : quæcumque de ipso narrabitis, fama
prior jam confirmaverit. Novistis, et vos, auditores or-

----

[1] Le général Menou, administrateur général de la 27ᵉ division
militaire.

[2] Il a régénéré le collége national et l'administration économique de l'Athénée, et organisé les Musées d'histoire naturelle.

[3] Il a amélioré l'établissement du Jardin des plantes, et fixé le
local pour les écoles des arts du dessin.

natissimi, quibus quantisque et meritis laudibus doctissi-
mos hosce viros adhuc expectatos , gemina Parisiensis
Academiæ lumina, cumulaverit; quam jucundo volupta-
tis sensu exceperit advenientes ; qua benevolentia, quo
studio eos quotidie prosecutus urgeat , ut hujusce rei
litterariæ feliciter inchoatum opus quam primum per-
ficiatur.

Itaque in optimam spem animos erigite; haud sane
vestra fallentur vota ; testor illum [1] quem in augusto
physices suæ templo sacerdotem Urania , quem Natura
ipsa suorum arcanorum interpretem , quem *Bonaparte*
in scientiis collegam delegit : testor hunc [2] quem per vi-
ginti annos in celeberrimis Galliarum gymnasiis et cla-
rissimum eloquentiæ professorem , et moderatorem vigi-
lantissimum non una laurus academica , et poetam, et
oratorem coronavit ; quem fervens amor patriæ solus
tulit per æstuantem Conventionis illius Nationalis turbi-
nem. Proh dolor! quod mihi ore nomen excidit! Quæ
refricabo vulnera! Silere quidem malim, nisi et ipsa fœ-
cunda scelerum ætas, ingentes quoque edidisset virtutes ! Revocate, si fas est, in mentem sævas nascentis
Reipublicæ nostræ tempestates , quibus navis publica,
valido spoliata gubernatore, hinc et illinc discordi cu-
piditatum tumultu distracta , per procellosos seditio-

---

[1] Lefèvre Gineau, professeur de physique au collège national
de France, membre de l'Institut.

[2] Villars, professeur d'éloquence à Toulouse, principal du collége de la Flèche, a remporté plusieurs prix académiques; il a été
membre de la Convention Nationale et de son comité d'Instruction
publique: c'est là qu'il a souvent exposé sa vie pour sauver les
savants de l'Université de Paris.

num fluctus sæpe illisa in scopulos , rapidis bellorum civilium vorticibus pene submergeretur; revocate, quam vario fragore , quam multiplici strage et in exteras nationes, et in suos, heu nefas, heu! Patres, filiosque detonuerit; quam continenti flammarum diluvio, gentes et reges , agros et civitates, maria ipsa et fere totum terrarum orbem populabunda involverit. In tanto Galliarum naufragio jactatam , laceratamque Parisiorum Universitatem , almam adolescentiæ litterarumque parentem , diu capitis sui periculo legislator impavidus sustinuit; et si tunc dextera mortali Pergama nostra defendi potuissent :

Et si fata Deum , si *gens* non læva fuisset,
Trojaque nunc stares , *Phœbique* arx alta maneres!

AD BARBICOLAS.

Barbicolæ duri, néque enim sumus ante malorum
Immemores, o vos tantis jactata procellis
Pieridum soboles, genus alto a sanguine Phœbi,
Jamque dies optatus adest, quem semper amicum,
Semper honoratum, nam sic voluistis, habebo.
Hunc ego Niliacis agerem si fluctibus exsul,
Fructidoro ve mari deprensus et aggere *Templi,*
Annua dona tamen, votivosque ordine cantus
Exsequerer, strueremque suis convivia mensis :
Nunc ultro ad veteres epulas desuetaque dudum
Fercula, nec nostræ credo sine mente patronæ,
Adsumus, et sanctam volucrem, quam Gangis ab Indo
Littore, Barbicolis tumidum advexere per æquor
Loyolidæ patres, solemni absumimus ore [1].

Ergo agite, o socii, prisco [2] de more canamus
Ingentes sub morte animos, et dira patronæ
Funera, sanguineas quæ non patris horruit iras :
Auspice qua lætam, jejuno ventre, juventam
Vobiscum, et primas agitavi abstemius artes.

Cernite Plessæos fratres, quos nobile quondam [3]

---

[1] La fête de Sainte-Barbe était le seul jour de l'année où l'on s'é-
cartât un peu de la frugalité habituelle. On servait des dindons.
Ces oiseaux sont originaires du Paraguay, et non pas de l'Indostan.

[2] On faisait tous les ans, le jour de la fête, le panégyrique de
Sainte-Barbe en vers latins.

[3] Les pensionnaires du Plessis portaient autrefois un petit man-

Palliolum post terga volans, parvosque per orbes
Dona laboratæ Cereris [1], nummique frequentes
Tunc supra nostram potuere extollere sortem,
Ut nunc gaudentes fraternæ accumbere cœnæ,
Lætitia æquali communia pocula sumant,
Et veteris potent sincera oblivia fastus.

Eminet ante omnes, doctrina insignis et ævo [2]
Antiquus Pindi rector, cui bis sua Phœbus
Sceptra dedit, quem Phœbi interpres Horatius, unum
Esse suum voluit, cujusque docentis ab ore
Per triginta annos miratrix turba pependit.

Quem juxta accumbit, medicæ laus Clinica gentis [3],
Cui cedant fratres Podalirius atque Machaon,
Cous et Hippocrates, Chiron, doctusque Galenus.
Salve, certa salus hominum, quem lurida febris,
Tussis anhela senum, nodosæ creta podagræ,

Quem mors ipsa timet! quot pestes rite latentes
Ars tua de nobis pepulit! vos testor, amici;
Semper apud memores tanti stet gratia facti!

teau, pour les distinguer des boursiers. Cette distinction avait
été supprimée dans les derniers temps.

[1] Les écoliers du Plessis avaient à déjeuner des petits pains
ronds, dont les Barbistes étaient très-friands.

[2] Le citoyen Binet, professeur de rhétorique au collége du
Plessis. Les éloges qui lui sont donnés ici, ont été couverts d'applaudissements.

[3] Le citoyen Corvisart, professeur de médecine clinique à la
Charité, un des plus célèbres médecins de Paris, élève de Sainte-
Barbe.

Nec te transierim, nostri qui ruris amicus,
Avulsos late lucos, vastataque ferro
Gramina, ad antiquos revocasti frondis honores,
O dilecte Gacon [1]! per te nostra illa resurgit
Laurus, et indigenæ radix sacrata Minervæ.
O dilecte Gacon! aliis regalia tecta,
Regales placuere domus, sed nostra Gaconi.

At vos, quandoquidem o socii, celebranda quotannis
Ista dies simul et felix fortuna reduxit,
Accipite hæc, mecumque animis jurate benignis :
« Stabit sancta fides sociis; amor omnibus idem
« Barbicolis; capiet, si qua est, discordia finem;
« Fata viam invenient : dextris nunc jungite dextras :
« Nam quod quisque putat, superos ea cura remordet. »

[1] Le citoyen Gacon, ancien Barbiste, propriétaire actuel de la maison de campagne que la communauté de Sainte-Barbe avait au grand Gentilly.

FESTUM SANCTÆ BARBARÆ

SOLEMNI CONVIVIO CELEBRANTES. 1807.

SALVETE, o socii veteres, venerabile salve
Concilium [1], patres duodeni, alterque senatus,
Quos de Phœbeis puerorum rebus agentes
Menstrua luna videt; tandem solemnia nostræ
Sedibus in certis celebramus festa patronæ.
  Augustæ sacras hic Parmentarius [2] aras
Virginis instaurat; renovatis præsidet aris
Concilioque simul, vultu veneranda severo
Forma sacerdotis, socius Sorbonicus olim,

[1] Le chef de la nouvelle maison de Sainte-Barbe avait convoqué douze de ses anciens camarades, qui devaient s'assembler chez lui tous les mois, afin de l'aider de leurs observations et de leurs conseils : c'est dans une de ces réunions, le jour même de la fête de *sainte-Barbe*, qu'ont été prononcés les vers suivants. On y trouve, dans quelques endroits, un ton de badinage qui ne saurait tirer à conséquence : l'estime et le respect même se concilient très-bien avec de légères plaisanteries de société; l'esprit de *Sainte-Barbe* était attique, quoique la table de cette maison fût lacédémonienne; et cette communauté avait pris pour devise : *Cecropias artes Spartanis moribus addit.*

[2] M. Parmentier, élève de l'ancienne communauté de Sainte-Barbe, et chef de la nouvelle maison.

Qui torvo aspectu fugat agmina dæmoniorum,
Lingosius [1], patriarcha sacer, Normannus haruspex;
Quem repetit logice, quo se geometria jactat,
Quem sibi grammatice doctorem vindicat; illum
Tres etenim hæ Charites sibi quæque adnectere certant;
Sed nunc grammatice tenet hunc felicior omnem.
Quid referam miseræ pœnas luctusque juventæ?
Triste rudimentum, heu! spinis horrebat acutis,
Atque diurnarum lacrymarum fonte madebat.
Vidit et indoluit, subitoque misertus iniquam
Infantum sortem, doctæ in penetralia mentis
Intima Lingosius descendit, et arte magistra
Illam parturiit methodum qua tollitur omnis
Lectio, quaque puer discens nihil, omnia discit;
Egregiam methodum, quæ cuncta obstacula solvit,
Quæ caligantes syntaxis discutit umbras,
Qua puer it rapido per prima elementa volatu!
Haud aliter tepidis refovens gallina sub alis
Progeniem, sordes materno dimovet ungue;
Et paleam excutiens et grana tenacia rostro,
Apponit facilem pullis implumibus escam.
O vos felices pulli, quos lacte benigno
Nutriet ille parens, quos sedulus ille magister
Curabit patribus dignos effingere Gallos!
Quin miræ methodi pervenit fama sub Orcum;
Se victum erubuit simplex Lhomundus, et ictu

[1] M. l'abbé Lingois, natif de Normandie, ancien docteur de Sorbonne, professeur émérite de philosophie en l'Université de Paris; auteur d'un Traité de Géométrie. Il ne voulait pas qu'on fit apprendre de leçons aux élèves.

Læsa novo rursum Tricoti [1] expalluit umbra.

Hic etiam nostræ quondam ornamenta palæstræ,
Nunc insigne decus, nunc inclyta gloria gentis;
Magni oratores adsunt, magnique poetæ.

Wallius [2] hic adstat, claro patre clarior; olim
Rivales magna sternebat clade sodales;
Nunc sternit magna rivalia clade Lycæa,
Triginta referens victrici fronte coronas.
Gloria sed major, major tibi palma ferenda est :
Cœpisti versu non impare reddere Flaccum ;
Gaudebat tandem reddi non impare versu
Flaccus, et Elysii fallebat tædia campi,
Dum tua Virgilio recitaret carmina, clamans :
« *Non omnis moriar!* Tam fido interprete duplex
« Vita mihi! Duplicem Flaccum jam Pindus habebit! »
Cur tua funesto dormitat Musa sopore?
Unde tibi pendent opera interrupta ? Triumphos
Cur piger ipse tuos, cur publica gaudia differs?
Finem operis Phœbus, tua qui tibi carmina dictat,
Finem operis Musæ, finem omnis Gallia poscit.

Dum loquor, ecce vetus, nobis plaudentibus, hospes [3]
Ingreditur, noto qui sese prodit odore,
Et nares fumo pingui titillat hiantes :

[1] Tout le monde sait que la méthode de Tricot a été remplacée par celle de Lhomond dans les écoles publiques.

[2] M. de Vailly, fils du célèbre grammairien de ce nom, proviseur du lycée Napoléon, a commencé une traduction d'Horace en vers français, dont plusieurs fragments ont obtenu les suffrages des littérateurs les plus éclairés. Son lycée a obtenu trente prix au dernier concours général des quatre lycées de Paris. (1807.)

[3] Voyez la note 1, pag. 85.

Nunc revocate famem antiquam; ne dente superbo
Respuite hunc socium; neu claudite ventris, amici,
Huic, precor, hospitium; et tumulo requiescat avito.
Salve, o Barbicolis ales sanctissima, salve,
Quam tantas inter pestes America levamen
Dulce tulit; salve, o volucris fraterna; juventæ
Annua cœna meæ! tu semper victima nobis
Fausta cadis! Semper solemnia Barbicolarum
Fœdera tu renovas, et sacro sanguine signas!

At vos, o socii, ne totum absumite corpus;
Si de carne nihil remanet, saltem ossa supersint;
Integra præsertim capitis calvaria restet,
Namque hæc cranilogo calvaria debita Galo est [1] :
Quanta hic cranilogus rimabitur abdita rerum,
Quum digito teretes explorans judice fossas
Occipitis, docto quum promontoria tactu
Parvula, post parvas aures, post tempora signans,
Interiora cavi penetrabit tecta cerebri,
Radicesque negans nervis fontemque medullæ,
Membranæ sese molles replicantis in orbes
Texturam tenuem mirantum ante ora revolvet!
Nempe sub hujus avis cerebrosa casside cernet
Mnemonicen Feneglæ fratris, stultique Domergi
Grammaticen stultam, et Scurrilia dicta Bruneti,
Atque Hominem triplici vultu, raucoque theatro
Lætitiæ infames, genus heu! miserabile, Caudas [2].

[1] L'auteur est pénétré de respect pour M. le docteur Gall, qui a réuni les suffrages des plus savants anatomistes de Paris. Il n'a point ici la prétention de juger son système; il a voulu seulement lutter contre la difficulté de l'exposer en vers latins.

[2] On citait beaucoup alors la *Mnémonique* de Fénégle, la *Gram-*

Sed quid ego? Mihi da veniam, mihi parce, magister
O tactu metuende gravi! Cognovimus et nos
Quam justa in nostram te causa adduxerit urbem.

Tota etenim insolitis stupefacta Europa triumphis
Francigenum, putat his majora subesse cerebra,
Atque alias capitum meliori in cortice fibras.
Hunc igitur Galum doctorem misit, ut ipse
Nostrorum intraret capitum speculator in arces,
Et circum inspiceret, quo vis incognita motu
Francigenas ageret per tot miracula turmas.
Insanæ o gentes, quantus vos decipit error!
Vera triumphorum quænam sit causa, docebo.

Scilicet æthereæ nobis nova semina flammæ
Napoleo afflavit, nobis nova pectora finxit,
Ipse suum infundens animum, magnusque creavit
Gentem illam, vero Gentem de nomine Magnam.
Ergo sacrilegos ne rursum erumpat in ausus
Europa indocilis; neu regum turba rebellis
Rursus in arma ruat; sed Napoleona videndo
Tandem Europa suum discat cognoscere regem.

maire de Domergue, les *Calembourgs* de Brunet, l'*Homme aux
trois visages*, et les *Queues* du théâtre de la Gaieté.

A J. F. DUCIS.

(L'auteur promet de lire dans son Cours un passage des œuvres de ce poète.)
(Mars 1814.)

O mihi fausta dies, alta quum voce licebit
Dicere Cecropio tua carmina digna cothurno!
Interea memores sancti genitoris ad aras
Dum tua Melpomene canos effusa, dolorem
Et primi renovat monumenta oblata [1] theatri;
Dicam equidem tecum : « Cineres salvete paterni,
« Et nati accipiatis opus [2]. » Sed protinus addam :
« Exultate pii gelido sub marmore manes :
« Digna parente fuit soboles; nec degener unquam
« Phœbum inspirantem, magnumve fefellit amicum [3],
« Qui divo meritam Aurelio persolvere laudem
« Qui canere illustres numeris soleinnibus umbras
« Doctus, et ingenio ventura æquare sagaci,
« Naturæ hunc vatem præsago carmine dixit. »
     Fortunate senex, solidis nil defuit annis!
Naturæ vatem sequitur te gloria, semper

[1] Hamlet, 1769, dédié d'abord à son père.

[2] Nouvelle dédicace aux mânes de son père.

[3] Thomas, auteur des éloges de Marc - Aurèle, Descartes, etc., qui prédit que Ducis serait le *poète de la nature.*

Fida comes, cingitque caput fulgentibus alis.

Utque tonas tragico Regum infortunia versu;
Anglorum furias [1] scelerato sanguine pastas ;
Incestasque domos Arabum [2], Thebasque nocentes [3] ;
Vivacesque odiorum Italis [4] sub cordibus iras :
Sic tibi, perspicuam rivi [5] salientis ad undam,
Nunc lacrymosa salix [6], secreti ruris [7] amores,
Vita beata senis [8], cui mane susurrat hirundo [9] ;
Sylvula [10] tot volucrum suspensis garrula nidis ;
Nunc pastorales calami [11] parvique penates [12] ;
Fragrantes pomis [13] violisque [14] latentibus horti :
Et soror et conjux[15] molli celebrantur avena.
Dumque canis veterem Bacchum floresque modestos,
Hos tua sincero virtus perfundit odore.

Te sanctum patrem, venerandum exemplar, amicum[16],
Indigenæ vates communi voce salutant.
Sic lyra te nostri cecinit festiva Menandri [17].

Te quoque grande aliquid meditantem pinxit Apelles [18]
Gallicus, ut quantum vivent tua carmina, tantum
Posteritas sacra miretur imagine vultus.

Fortunate senex, nil plenis defuit annis !

[1] Hamlet, Macbeth, le roi Léar, Jean-Sans-Terre.

[2] Abufar, ou la Famille arabe.

[3] OEdipe.

[4] Othello, Roméo et Juliette.

[5] A son Ruisseau.

[6] La Romance du Saule.

[7] L'Amour et la Solitude.

[8] L'heureux Vieillard.

[9] A une Hirondelle.

[10] A son petit Bois.

[11] A sa Musette.

[12] A son petit Logis.

[13] A son petit Verger.

[14] A son petit Parterre.

[15] A sa Sœur, à sa Femme.

[16] Ce vers est d'Andrieux.

[17] Andrieux, auteur des *Étourdis*, du *Manteau*, etc. etc.

[18] Portrait de Ducis, par Gérard.

IN PICTURAM.

Nascitur, ut vates, cælesti munere pictor;
Debet uterque nihil, natura industrius, arti.
Quisquis Apollinea circumdare tempora lauro
Et Musis vult digna loqui, non tentat eburno
Pectine vocales citharæ contendere nervos,
Ni prius infusum toto jam pectore numen
Senserit. Haud aliter pictor qui nomen Apellis
Immortale sibi quærit, ne tangere telam
Audeat, et sacros picturæ accedere fontes,
Ni penitus menti insideat vis illa creatrix
Atque opifex rerum, quæ, numinis æmula summi,
Indigesta prius socians elementa colorum,
Mox vitam rudibus succis animamque ministrat.
Sic vires habet ille suas, telaque potenti
Nunc homines spirare jubet, nunc prata virere;
Ire amnes, frondere ulmos, assurgere montes
Imperat, et molli valles decrescere clivo.
    Ergo siste manum qui tentas impare vena
Debilis ingenii, populo monstrare Tonantis
Terribilesque minas, et non imitabile fulmen :
Siste manum audacem ! Superûm ne polluc vultus,
Nec propone mihi ridenda tonitrua cæli.
Cernis ut assurgens solvi metuentibus alis
Nec retinens quidquam terrenæ fæcis, Homerus

Æthereas adeat sedes; ut templa Deorum
Ingressus, propriaque Jovem speculatus in aula,
Divinæ referat simulacra fidelia frontis :
Hunc sequere, et magno dignos Jove concipe vultus.
    Nunc age, qui teneram Magni Lodoicis amantem
Pingis virgineas mactantem pectus ad aras,
Pectus, amore Dei quod mutat regis amorem :
Dic quibus incensus flammis, quo corda dolore
Saucius, immersam lacrymis sparsisque capillis
Conscia tundentem repetito pectora planctu
Videris, et propriæ decepto viribus artis
Contigerit verum picto confundere luctum!

IN VILLAM.

Nuper hic sordes gravis angiportus,
Horror et fœdi tenebrosus antri;
Nunc patet ridens domus in beatæ
        Commoda villæ.

Dulcibus vinclis hymenæus almo,
Uvidam jungit Cererem Lyæo;
Sic jubent artes, et amica nostro
        Numina ruri.

AD AMICUM

QUI LATINE ET GALLICE SCRIPTA CARMINA
MISERAT (1816.)

Docte sermones utriusque linguæ,
Cui caput lauro gemina revinctum est,
Quas tibi dignas memori rependam
    Pectore grates?

Tu lyra Teia canis elegantes
Virginum ludos, hilaremque Bacchum,
Tu manu grandem citharam et canoro
    Pectine pulsas.

Principes tu bis reduces amori
Gentis et sceptro celebrans avito
Redditos, magni rediviva fundes
    Carmina Flacci.

Ast ego fœdas patriæ jacentis
Heu! dolens clades aquilamque casso
Fulmine extinctam, volui silentes
    Ducere luctus.

Non enim cantus patitur Borussi
Turma, qui dum se socium atque amicum
Prædicat, mœstam gravat insolenti
    Fœdere Mosam,

Cujus invictæ toties phalanges
Expiant claros lacrymis triumphos,
Et datas fatis patiuntur alta
Fronte ruinas.

Dura bellorum mala! dura pacis,
Quæ superponens grave servitutis
Pondus, informes premit incruento
Milite campos!

Ah! mihi quamvis animum fidelem
Et pios sensus negat immerenti,
Clamque rivali mea dente mordet
Nomina livor;

Mosa dum servos trahet ægra fluctus,
Non canam, et nervis fidium remissis
Muta suspendent salicum sub umbra
Plectra camœnæ.

IN-PROMPTU

A CYRUS GÉRARD, QUI ÉTUDIAIT LA CYROPÉDIE, LE JOUR OU SON PÈRE QUITTAIT LE MINISTÈRE DE LA GUERRE. (18 *nov.* 1830.)

CYRE puer, veteris Cyri Xenophonta repelle,
Atque hodie hanc vitæ partem meditare paternæ.
Hinc melius disces, quam cæco vana tumultu
Cuncta Deus volvat, quid sint suffragia plebis,
Quidve favor regum. Nunc sedes desere Martis,
Nec doleas; ubicumque pater cum matre manebit,
Hic Honor et Virtus patriæ cum Marte manebunt.
Sub lare privato cresces generosus; et ætas
Quum matura tuo te quondam nomine dignum
Finxerit, invenies alium Xenophonta canentem.

INSCRIPTION

Quem tegit albenti tumulo lapis iste sepultum,
Non omnis periit, quamvis post funera MELLÆ [1]
Nec sobolem cœlebs, nec nomen liquerit ullum :
Vivet in æternum solemni munere notus.
Vere novo, quoties veterum de more parentum
Innupti juvenes legata ad prata vocati
Ter salice oblata regem sacrare parabunt [2],
Et quoties ad festa choris saltantibus ibit
Æquales ducens virgo regina puellas,
Nos memori ad tumulum veniemus voce canentes :
« Salve, o lætitiæ dator, o pater alme jocorum,
« Salve iterum ; dum vina viri, choreasque juventus,
« Dum patriam cives, dum prolem mater amabit,
« Semper erunt celebrata piæ tua munera Mellæ ! »

[1] A Melle, ville du département des Deux-Sèvres.
[2] On choisit un roi, en lui offrant une branche de saule.

EPITAPHIA.

I.

Hic requiescit
GEORGIUS RENATUS PLÉVILLE LE PELLEY,
Grandvillæ natus, anno 1726, die junii 26,
Mortuus Parisiis, anno reipublicæ 14, die vendemiarii 10,
Octogesimum annum agens;

Vir vere vir;
Bonus pater;
Inter cives amore patriæ et integritate morum,
Fide in amicos usque tuta et probata,
Inter milites fortitudine ac vulneribus,
Dextero crure, primum suo,
Bis deinde *ligneo*, truncato per prælia,
Insigniter commendabilis;

Quem Angli hostes,
Seu ducem de navibus bellicis per maria omnia tonantem,
Seu legatum de pace fœderibusque tractantem
Pertimuerunt;

Quem Angli naufragantes
Procellosis Massiliæ littoribus,
Servatorem impavidum bene experti
Obstupuerunt;

Quo respublica nostra
Coloniarum et rei navalis ministro,
Incorrupto, providenti, strenuo,
Gloriatur;

Quem senatus gallicus,
Deliberantem voventemque,
Quasi Nestora suum
Audivit;

Cui modesto pie memores,
Humilem hunc lapidem, eheu periturum!
Exstruxere,
Filia, gener, neptes, nepotes, propinqui et amici,
Lugentes insolabiliter.

II.

Hic requiescit
Ludovicus Gregorius LE HOC,
Olim Galliæ legatus,
Natus Parisiis anno 1743, die mensis octobris 28ª,
Et ibidem mortuus anno 1810, die mensis octobris 15ª.

Qui studiorum curriculum
In collegio Harcuriano emensus
Multarum palmarum puer;
Postquam indolem generosam,
Animumque ad magna natum
Liberalibus perpolire artibus properavisset juvenis;
Factusque, tum stricto, tum soluto sermone,
Scriptor egregius;
Intra virilis ætatis primordia
Senilem sapientiam repræsentavit.

Quum Gallia libertatis et commercii propugnatrix,
Americam insurgentem
Et grave tyrannidis Anglicæ jugum
Cervicibus animosis excutientem
Navibus, armis, pecunia, viris adjuvaret;
Tunc rei maritimæ procurator universus,
De communi et immuni jure
Inter bella mercandi atque piscandi,
De permutandis captivis,
Humanas scripsit leges,
Et scriptas administravit.

Byzantium missus,
Et propter solertiam, dexteritatem, prudentiam
Ad secreta clarissimo ministro comes adjunctus;
A Bosphoro abstinuit,
Donec antiquitatis doctus interrogator,
Finibus Atticis redditus
Commeante simul Virgilio Gallico,
Tetigisset Athenarum cineres,
Et Homeri umbram
Demosthenisque manes
Venerabundus salutavisset.

Dehinc a Ludovico XVI revocatus,
Ut propiori auxilio regiam defenderet dignitatem,
Quum inter optimates suos
De populo in sua jura restituendo
Et de regni comitiis ad leges refigendas convocandis
Rex candidior deliberaret;

Ille intumescentis procellæ frementes auras
E longinquo senserat,
Dominumque imprudentem de periculis ingruentibus
Et sagax et fortis, non semel,
Sed incassum admonuit.

De Anseaticis civitatibus et de Suecia,
Ad quas legatus venerat,
Optime meritus
Animos tam exquisita comitate sibi devinxit,
Ut, quasi unum e suis civibus, præsentem colerent,
Et abeuntem inextincto prosequerentur desiderio.

Denique, quum nimia libertate laboraret patria;
Quum publica navis suo spoliata gubernatore
Fluctuum civilium æstibus vorticosis fatisceret;
Quum omnes sexus, ætates, doctrinæ, virtutes,
In carcerem, hoc est ad mortem, traherentur;
Carceris honore non caruit.

Sed post sublatum plebeculæ insanientis dominatum,
Post sanata imperii vulnera,
Ruris tranquillitatem, tanquam portum, respexit;
Ibique inter amicos privatus civis,
Calumnia et livore major,
Carmen Sophocleo cothurno dignum concepit;
Et sexagenarius
Pulpita tragica firmo conscendit gradu,
Attonitæque et acclamanti Lutetiæ
Alterius Pyrrhi fabulam ostendit.

Mox de scenis cuneisque plaudentibus
Sub lapidem hunc funereum,
Cespitemque proprium descendit;
Ubi nunc fidam uxorem expectat,
Nec isti etiam fidei heu! defuturam,
Ut quos vita felicibus conjunxit vinculis,
Non ipsa mors unquam separet.

Sic tibi terra levis!

Hæc monimenta sui dabat inscribenda doloris,
Vanum lugentis pignus amicitiæ,

N. E. L.

III.

Hic requiescit
Renatus BINET, Bellovacensis,
Natus anno 1732, die januarii 23;
Mortuus Parisiis, anno 1812, die octobris 31 :

Qui collegium Sorbonæ-Plessæum,
Discipulus et magister,
Per 50 annos duplici laude illustravit :

Qui in Græcis, Latinis, Germanicisque litteris
Peritus, elegans, et disertus;
Ciceronem in curia vel e rostris tonantem;
Virgilium fistula canentem vel tuba;
Horatium animosis sonantem fidibus,

Aut sermoni propiora scribentem;
Valerii Maximi memorabilia;
Meinersium de Quiritibus ad vitia ruentibus disserentem;
Fidus interpres gallice reddidit:

Quem celeberrimum rhetorices professorem
Plus quam sexagenarium,
Sanctitate animi, suavitate morum commendabilem,
Ab officiis liberaliter implendis
Non asperrima deterruerunt reipublicæ tempora :

Quem amplissimum Rectorem et ultimum
Regia Lutetiæ Universitas
Fascibus Academicis lætabunda bis decoravit :

Quem Universitatis suæ decus egregium,
Et Lycæi Bonaparte providentissimum moderatorem,
Virtutum omnium æstimator oculatissimus,
Imperator Napoleo,
Peculiaris munificentiæ donis cumulavit annuis :

Qui, velut manipulorum emeritus dux
Inter tirones instituendos quandoque moritur,
Sic ipse inter fingendos Musarum alumnos
Vigilans occubuit.

Tanto viro,
De patria tam bene merito ,
Humilem hunc et modestum lapidem,
Grande et æternum , si fas est,

Amoris monumentum posuere,
Vidua lugens et pie memores discipuli,
Quorum unus, non uno dolore confectus,
Hæc inscribebat N. E. Lemaire.

Sit tibi terra levis!

IV.

JEAN-BAPTISTE-CYRUS-MARIE-ADÉLAIDE

DE TIMBRUNE THIEMBRONE,

COMTE DE VALENCE,

PAIR DE FRANCE, etc.

Hic requiescit,
Miles pugnando strenuus,
Dux Gallico dignus exercitu,
Eques gladio et elegantiori vita insignis,
Senator deliberando vovendoque justitiæ tenax,
Civis in patriam semel ingratam semper pius,
Amicus in suos fideli constans animo:
Prosapia vetere nobilis, sed virtutibus nobilior,
Genus antiquum nova laude ornavit;
Naturæ bonis, opibus fortunæ cumulatus,
Ingenii acritatem, consiliorum prudentiam,
Judicii sagacitatem, indolis vim,
Mentis præstantiam,
In castris, in curia, feliciter exseruit;

Libertatis veræ studium,
Non licentiæ vagos errores amplexus,
Res omnium suis rebus prætulit;
Proscriptorum jura
Etiam post mortem vindicavit fortiter;
Pericula bellorum
Et scelerata vicit Moscoviæ frigora;
Fronte sublimi, adverso pectore
Decoras vulnerum cicatrices gerebat.

O vir vere vir!
O conjux et pater optime!
Nomini tuo immortali hoc marmor eheu! periturum
Consecraverunt inter lugendum pie memores,
Uxor vidua, duæ filiæ cum maritis,
Quorum alter in Belgio, alter in Gallia,
Virtutem tuam imitari conabuntur.

Sit tibi terra levis!

* * *

V.

Hic sita sunt ossa
Alexandri Hectoris LEMAIRE,
Quem 18 annos peragentem,
Emerito rhetorices cursu,
Jurisprudentiæ rudimenta simul
Et philosophiæ tirocinia ineuntem,
Latinæ poeseos laude jam egregium,

Non unius palmæ puerum,
Corporis et animi dotibus florentem,
Optimæ matris delicias,
Patris magistri decus,
Improvisa mortis acerbæ vi interceptum,
Die 11 decembris 1812,
Illacrymaverunt æquales, amici;
Etiam ignoti indoluerunt.
O generose puer,
Tu frustra pius,
In æterno sepulchri exilio jaces;
Sed non diu solus ibi morabere;
Mox aderunt quos præcessisse non decuit,
Et juxta te medium dextra lævaque componendi,
Sub eodem et proprio cespite conquiescent;
Hinc qui jam non pater,
Nænia solemni, sineret dolor, te prosequeretur;
Illinc miserrima inter omnes mater,
Quæ *consolari* non vult, *quia non es.*
Vale et nos expecta
Non longinquo digressu separatos.

EPITAPHIUM N. E. LEMAIRE.

Hic requiescit
NICOLAUS ELIGIUS LEMAIRE
Natus 1ª decembris die, 1767,
Obiit 3ª octobris 1832.

(112)

In Parisiensi Litterarum Facultate Decanus,
Et latinæ poeseos professor;
Bibliothecæ Classicæ Latinæ
Ipsius vitæ impendio indefessus editor.

Quem ingenii acumine et præstantia,
Singulari carminum latinorum artificio,
Urbanitate indolis, ac benevolentia
Civiles inter discordias
In aliorum salutem non semel efficaci,
Et amicitiæ religiosa tenacitate spectatum,
Multi publice, multi privatim
Lacrymis prosequuntur.

At nos, vir optime, nos tui,
Nos tot beneficiis, tanto amore cumulati,
Quem dolori modum ponemus?
Nunc tam defletum juxta filium compositus,
Uxorem exspectas, reddi ambobus
Nimis, heu! desiderantem,
Et jam sepulta hic anima distractam:
Nunc vitam prope centenariam
Tuus damnat pater:
Nunc cum fratre et sororibus, eorum filii,
Te alterum parentem,
Ex tanto præsidio in orbitatem dejecti,
Novissimis venerantur verbis,
Et memori saxo supremum grati animi honorem
In æternum commendant.

Scribebat P. A. LEMAIRE.

PARAPHRASE ET IMITATION

DU PSAUME

SUPER FLUMINA BABYLONIS.

PSALMUS CXXXVI.

Super flumina Babylonis illic sedimus : et flevimus quum recordaremur Sion.

In salicibus in medio ejus : suspendimus organa nostra.

Quia illic interrogaverunt nos, qui captivos duxerunt nos, verba cantionum :

Et qui abduxerunt nos : « Hymnum cantate nobis de canticis Sion. »

Quomodo cantabimus canticum Domini : in terra aliena ?

Si oblitus fuero tui, Jerusalem, oblivioni detur dextera mea.

Adhæreat lingua mea faucibus meis : si non meminero tui;

Si non proposuero Jerusalem, in principio lætitiæ meæ.

Memor esto, Domine, filiorum Edom: in die Jerusalem.

Qui dicunt : Exinanite, exinanite : usque ad fundamentum in ea.

Filia Babylonis misera : beatus, qui retribuet tibi retributionem tuam, quam retribuisti nobis.

Beatus, qui tenebit et allidet parvulos tuos ad petram.

PARAPHRASE.

Ce cantique, composé prophétiquement sur la captivité de Ba_
bylone, se divise en deux parties. La première est une élégie, la
seconde est une imprécation.

Un des habitants de Jérusalem, que des vainqueurs inhumains
ont chargé de chaînes, exhale sa douleur et ses plaintes.

Dès le premier mot, nous voyons le lieu de la scène : c'est sur les
bords du fleuve qui coule au milieu de Babylone, *super flumina
Babylonis ;* c'est là que les malheureux sont assis, *illic sedimus.*

Quels sont ces opprimés, qui n'ont plus d'asile que sur les rives
d'un fleuve ? Ils semblent se reposer d'un long voyage, ils ne peuvent aller plus loin : *sedimus et flevimus.* Demandez-leur pourquoi
ces larmes ? Ils pleurent de souvenir, *quum recordaremur ;* et quel
est ce souvenir qui déchire leur ame ? Enfin ce nom s'échappe de
leurs bouches et justifie leurs pleurs, *quum recordaremur Sion.*

Babylone et *Jérusalem,* ces deux noms sont le point de vue où
toutes les parties du tableau se rapportent.

Tel est le désespoir des vaincus, qu'ils renoncent à toute espèce
de consolation. Ils étaient assis pour pleurer, ils tenaient encore
leurs lyres à la main ; mais ils se lèvent brusquement, et vont les
suspendre aux saules du rivage, en traversant la foule des vainqueurs qui les environnent. *In salicibus, in medio ejus suspendimus
organa nostra.*

Et pourquoi quittez-vous ces instruments de votre gloire, ces
harpes saintes qui célébraient les louanges du Seigneur ? Peut-être
charmeront-elles le noir courroux de vos tyrans ; elles ont souvent
fléchi la juste colère du Dieu que vous aviez offensé. Pourquoi
donc n'écoutez-vous pas vos maîtres ; ils n'exigent de vous aucun

service humiliant ; ils vous demandent seulement quelques paroles de vos cantiques, *verba cantionum?* Et pourquoi par vos refus irritez-vous leur orgueil ? Vous avez tout à craindre, enchaînés, délaissés au milieu d'une cité populeuse qui vous traite en prisonniers.

Que nous importe? disent-ils. C'est Dieu seul que nous craignons, et non pas les hommes ; regardez ces lyres suspendues silencieuses ; elles ne retentiront point sur ces bords où l'on nous interroge comme des esclaves, *quia illic interrogaverunt nos.* En vain pour charmer leurs loisirs orgueilleux, leurs insolents caprices, ceux qui nous tiennent sous le joug, *qui captivos duxerunt nos ;* ceux qui nous ont entraînés loin des rives du Jourdain, *et qui abduxerunt nos,* nous menacent et nous ordonnent de chanter un des cantiques de Sion, *hymnum cantate nobis de canticis Sion :* non, nous n'obéirons pas.

Qu'ils disposent à leur gré de ces corps fragiles dont la violence les a rendus maîtres ; nos ames sont au Dieu de Jérusalem. Et comment chanterions-nous ses cantiques ? *quomodo cantabimus canticum Domini?* Les enfants du Dieu d'Israël ne sont pas si prompts à la servitude ; on peut les charger de fers, les traîner en exil ; mais les dompter, mais les avilir, jamais !

Ah ! rendez-nous le temple et la montagne sainte ; c'est là..... là seulement que nos lèvres pourront s'ouvrir, et que nos mains retrouveront les accords de nos lyres pour louer le Seigneur. Mais au milieu des Barbares, dans une terre étrangère, nos voix seront muettes, *quomodo cantabimus in terra aliena?*

Non, Babylone n'entendra pas les chants de la sainte Sion : c'est assez pour elle de répandre sur nous ses dérisions amères, ses féroces mépris ; elle ne sourira point avec une ironie cruelle aux cantiques du Dieu des dieux, du roi des rois. Ah ! si jamais je pouvais descendre à tant d'abaissement, si je pouvais t'oublier à ce point, ô sainte Jérusalem ! que ma main droite se dessèche, qu'elle oublie tous ses mouvements, *si oblitus fuero tui, Jerusalem, oblivioni detur dextera mea.*

Mais, que dis-je, t'oublier ! le crime serait trop grand, et la peine trop légère ; que non seulement ma main droite périsse, mais que ma langue s'attachant à mon palais, arrête tout-à-coup le souffle de ma vie, *adhæreat lingua mea faucibus meis ;* si, loin de t'oublier, ta pensée n'est pas sans cesse présente à mon esprit, *si non meminero tui;* si Jérusalem n'est pas toujours le premier objet de mes vœux, de mes louanges, et la source unique où je puiserai ma joie et mes délices; *si non proposuero Jerusalem in principio lætitiæ meæ.*

Ah! que d'images attendrissantes, combien de larmes sont renfermées dans ces saintes paroles! comme cette apostrophe à Jérusalem attendrit, remue, et pénètre jusqu'au fond des cœurs! elle transporte cet Hébreu du lieu de son exil dans le sein même de sa patrie. Il croit la voir, l'entretenir, lui protester avec serment qu'il consent à perdre la voix, l'usage de sa langue et de sa lyre, plutôt que d'être infidèle à son pays, à son Dieu. C'est ainsi que Virgile a peint les Troyennes gémissantes sur les rivages de la mer, et contemplant sa profondeur immense avec des yeux noyés de larmes; c'est ainsi qu'il nous entraîne en esprit sur les rivages de la Sicile, comme le poëte sacré sur les bords de l'Euphrate.

Maintenant les caractères changent : à la plainte succède la menace : les captifs versaient des pleurs, maintenant ils veulent répandre du sang. C'est du sang et des supplices que demandent ces dernières paroles; et si la douleur qui commence s'exprime avec une douceur mélancolique, la colère qui termine ce psaume éclate avec une simplicité franche, énergique, avec des images qui font frémir...

Il n'est pas au pouvoir des hommes de rompre les fers des tribus d'Israël, leurs maux ne peuvent finir que par un miracle de la puissance divine. Aussi leurs regards se tournent vers le ciel; et, pour intéresser Dieu même à leurs prières, le poëte hébreu appelle la vengeance céleste sur ces frères dénaturés, sur ces enfants d'Ésaü qui hâtèrent la dernière journée de Jérusalem, *memor esto, Domine, filiorum Edom, in die Jerusalem !*

Ils ont blasphémé le dieu de leurs pères; et faisant cause commune avec les Babyloniens, ils excitaient leur fureur et les poussaient à détruire jusque dans leurs fondements les murs, les palais et les temples de Sion, *exinanite, exinanite usque ad fundamentum in ea.*

Il ne demande point de châtiment contre ces complices de tant de fureur: ils ont aidé les ennemis, mais ils ont été ses frères. Il se contente d'appeler le souvenir céleste sur leur conduite, *memor esto, Domine,* que Dieu voie et les juge....

Non, Dieu n'abandonnera point le seul lieu sur la terre où son nom soit adoré. Il exaucera ces vœux: le poëte certain de sa clémence et de sa justice, voit briller les jours de la délivrance: il entend déja gronder dans le lointain la foudre qui doit punir les farouches conquérants. Malheur à toi! fille impure de Babylone: *filia Babylonis misera!*

Tu paieras cher les pleurs que tu nous fais verser! Tu pleureras à ton tour, malheureuse! l'heureux vengeur approche, *beatus!* Il te rendra tous les maux dont tu nous accables, *quam retribuisti nobis.*

Il détruira tes murs, tes palais et tes temples; il en dispersera les ruines, *retribuet tibi retributionem tuam!*

Malheur à toi, et malheur à tes enfants! Heureux le vengeur qui les arrachera de leur berceau, de tes bras, de ton sein maternel, *beatus qui tenebit!*

Puisse-t-il les écraser sur la pierre, *allidet parvulos tuos ad petram;* te rendre témoin de leur mort, qui sera ton premier supplice:

Natorum faciet coram te cernere letum ;

et faire rejaillir leur sang innocent sur ton visage coupable,

Fœdabitque tibi sceleratos sanguine vultus,

afin d'éteindre par là toute espérance de postérité pour toi,

Venturos perimens vix orta in prole nepotes !

C'est ici la conclusion de tout le cantique: les malheurs d'Israël, l'insolence de Babylone ont allumé la fureur divine. Le jour de la vengeance approche; que rien ne soit épargné, pas même les enfants au berceau, qui seront broyés sur la pierre. Quel horrible vœu! Quelle effroyable image!

IMITATIO.

Finibus extorres patriæ, post dura laborum
Tædia, nos, mediam tumido qua barbarus amne
Euphrates Babylona rigat, per littora servi
Sedimus, atque illic oculo indignante profundam
Undam aspectantes, nostri Jordanis imago
Et sanctæ subiit miserabilis umbra Sionis.
   Tristia tum fletu longo irroravimus ora,
Et lacrymas inter, salicum mœrentia ramis
Plectra, lyrasque simul dedimus pendere silentes.
   Scilicet, externas qui nos traxere per oras,
Et nostra indignis strinxerunt colla catenis,
Ore feri, fastuque truces, plenique minarum
Talia jussa dabant : « Hymnos cantate Sionis ;
Cantate, et Dominos numeris recreate paternis. »
   Proh pudor ! hic jussi peregrina in gente canemus
Cælestes hymnos, et nostri cantica templi ?
Non ita : non Babylon divinos impia cantus
Audiet ! o valles patriæ ! o juga sacra Sionis !
Arx augusta Dei, quondam carissima cælo,
Jerusalem ! tu sola meo sub pectore vives,
Æternum tu sola meo celebrabere cantu !
   Si qua tui capiunt ingratam oblivia mentem,
Si tu, votorum spes una et summa meorum,
Lætitiæ non prima mihi consurgis origo,
Imprecor ! hæc oblita lyram mihi dextra rigescat !

Arescant digiti! et gelido suffixa palato
Hæreat, obscssasque premat lingua arida fauces!
    At tu, qui stabili das numine cuncta moveri,
Stirpis Idumææ revoca, Deus alme, furorem,
Tempore quo, nostras flammis populantibus arces,
Ad damna, ad cædes victorem urgeret anhelum
Insultans, clamansque : « Viros jugulate; domosque
« Et templum, et totam subvertite funditus urbem ;
« Ossaque, et invisos cineres dispergite ventis. »
    Annuit omnipotens..... et tu subversa vicissim,
Infelix Babylon, nostros lacrymabere fletus!
    Væ tibi! væ natis ! instantem horresce ruinam !
Ultor adest : utinam versis tibi debita fatis
Supplicia exercens, regum gentisque peremptæ
Concremet incensis cumulata cadavera muris!
O utinam avulsos ululantum ex ubere matrum
Infantes terat, allisoque ad saxa cerebro,
Spargat maternos natorum sanguine vultus!

FINIS.

BIBLIOTHÈQUE

CLASSIQUE LATINE,

OU

COLLECTION

DES AUTEURS CLASSIQUES LATINS,

AVEC DES COMMENTAIRES ANCIENS ET NOUVEAUX,

DES INDEX COMPLETS, PORTRAITS, CARTES, ETC.;

DÉDIÉE

A S. M. LOUIS-PHILIPPE Ier,

ROI DES FRANÇAIS,

ET PUBLIÉE

PAR NICOLAS-ÉLOI LEMAIRE.

BIBLIOTHÈQUE

CLASSIQUE LATINE,

ou

COLLECTION

DES AUTEURS CLASSIQUES LATINS.

TABLEAU DES LIVRAISONS.

NUMÉROS d'ordre des LIVRAISONS.	NUMÉROS des Volumes de la COLLECTION.	NOMS DES AUTEURS.	NUMÉROS des Tomes de chàq. auteur.	OBSERVATIONS.
I.	1er.	CÉSAR.............	T. 1er.	Quatre Cartes.
	2.	VIRGILE.............	T. 1er.	
	3.	TACITE.............	T. 1er.	
II.	4.	VIRGILE.............	T. II.	
	5.	TACITE.............	T. II.	
III.	6.	VIRGILE.............	T. III.	
	7.	TACITE.............	T. III.	
IV.	8.	CÉSAR.............	T. II.	Tableau du Camp des Romains, et deux Cartes.
	9.	OVIDE.............	T. 1er.	
V.	10.	VIRGILE.............	T. IV.	
	11.	TACITE.............	T. IV.	
VI.	12.	CÉSAR.............	T. III.	Portrait et Tableau généalogique de Jules César.
	13.	OVIDE.............	T. II.	
VII.	14.	VIRGILE.............	T. V.	
	15.	TACITE.............	T. V.	
	15 bis	Et son INDEX.............	T. Id.	Portrait de Tacite, et Tableau généalogique des premiers Césars.

NUMÉROS d'ordre des LIVRAISONS.	NUMÉROS des Volumes de la COLLECTION.	NOMS DES AUTEURS.	NUMÉROS des Tomes de chaq. auteur.	OBSERVATIONS.
VIII.	16.	OVIDE..............	T. III.	Quatre Portraits.
	17.	CORNELIUS NEPOS........	Unité.	
IX.	18.	VIRGILE............	T. VI.	
	19.	QUINTILIEN...........	T. Ier.	
X.	20.	SALLUSTE...........	Unité.	Portrait de Sallus-te : un Tableau.
XI.	21.	OVIDE.............	T. IV.	
	22.	VELLEIUS PATERCULUS....	Unité.	
XII.	23.	VIRGILE............	T. VII.	Quatre Portraits.
	24.	TITE LIVE..........	T. Ier.	
XIII.	25.	OVIDE.............	T. VI.	
	26.	VALÈRE MAXIME........	T. Ier.	
XIV.	27.	TITE LIVE..........	T. II.	
	28.	QUINTE CURCE.........	T. Ier.	Cinq Cartes et Planches.
XV.	29.	OVIDE.............	T. V.	
	30.	OVIDE.............	T. VII.	
XVI.	31.	QUINTILIEN..........	T. II.	
	32.	PLINE LE JEUNE........	T. Ier.	
XVII.	33.	CÉSAR	T. IV.	Une Carte.
	34.	TITE LIVE...........	T. III.	
XVIII.	35.	VIRGILE. *Index*........	T. VIII.	
	35 bis	Et sa FLORE..........	T. *Id.*	
	36.	QUINTILIEN..........	T. III.	
XIX.	37.	QUINTE CURCE.........	T. II.	Deux Planches.
	38.	SILIUS ITALICUS........	T. Ier.	

NUMÉROS d'ordre des livraisons.	NUMÉROS des Volumes de la collection.	NOMS des AUTEURS.	NUMÉROS des Tomes de chaq. auteur.	OBSERVATIONS.
XX.	39.	Valère Maxime.........	T. II.	
	40.	Valère Maxime.........	T. III.	
XXI.	41.	Justin...............	Unité.	
	42.	Juvénal.............	T. Ier.	Une Planche gravée.
XXII.	43.	Tite Live............	T. IV.	
	44.	Tite Live............	T. IX.	
XXIII.	45.	Tite Live............	T. V.	
	46.	Tite Live............	T. X.	
XXIV.	47.	Quintilien...........	T. IV.	
	48.	Pline le Jeune........	T. II.	Un Portrait.
XXV.	49.	Quintilien...........	T. V.	
	50.	Silius Italicus........	T. II.	
XXVI.	51.	Quintilien...........	T. VI.	
	52.	Poetæ Lat. Minores....	T. Ier.	
XXVII.	53.	Claudien.............	T. Ier.	
	54.	Ovide	T. VIII.	
XXVIII	55.	Tite Live............	T. VI.	
	56.	Tite Live............	T. XI.	
XXIX.	57.	Claudien.............	T. II.	
	57 bis	Et son Index.........	T. Id.	
	58.	Poetæ Lat. Minores....	T. II.	
XXX.	59.	Quinte Curce	T. III.	Une Carte et une Planche gravées.—Un Portrait et un fac-simile,
	60.	Ovide. Index. 1re partie. .	T. IX.	

NUMÉROS d'ordre des LIVRAISONS.	NUMÉROS des Volumes de la COLLECTION.	NOMS DES AUTEURS.	NUMÉROS des Tomes de chaq. auteur.	OBSERVATIONS.
XXXI.	61.	Ovide. *Index.* 2e partie. .	T. IX.	
	62.	Valerius Flaccus.	T. Ier.	
XXXII.	63.	Tite Live.	T. VII.	
	64.	Tite Live.	T. VIII.	
XXXIII.	65.	Poetæ Lat. Minores. . . .	T. III.	
	66.	Stace	T. Ier.	
XXXIV.	67.	Quintilien.	T. VII.	
	68.	Martial.	T. Ier.	
XXXV.	69.	Juvénal.	T. II.	
	70.	Poetæ Lat. Minores. . . .	T. IV.	
XXXVI.	71.	Martial	T. II.	
	72.	Stace.	T. II.	
XXXVII	73.	Valerius Flaccus.	T. II.	
	74.	Tite Live. . . . . . 1ro part.	T. XII.	
	74 bis	Tite Live. *Index.* 2e part.	T. XII.	
XXXVIII	75.	Catulle	Unité.	
	76.	Poetæ Lat. Minores. . . .	T. V.	
XXXIX.	77.	Phèdre.	T. Ier.	Quatre Planches.
	78.	Tibulle.	Unité.	
XL.	79.	Phèdre.	T. II.	Quatre Planches.
	80.	Poetæ Lat. Minores. . . .	T. VII.	
XLI.	81.	Martial.	T. III.	
	82.	Poetæ Lat. Minores. . . .	T. VI.	
	82 bis	Poetæ Lat. Minores.	*Indices.*	

NUMÉROS d'ordre des LIVRAISONS.	NUMÉROS des Volumes de la COLLECTION.	NOMS DES AUTEURS.	NUMÉROS des Tomes de chaq. auteur.	OBSERVATIONS.
XLII.	83.	Sénèque. Philosophie....	T. Ier.	
	84.	Florus.............	Unité.	
XLIII.	85.	Cicéron. Lettres........	T. Ier.	
	86.	Pline l'Ancien..........	T. Ier.	Une Planche.
XLIV.	87.	Cicéron. Discours......	T. Ier.	
	88.	Térence.............	T. Ier.	
XLV.	89.	Cicéron. Lettres........	T. II.	
	90.	Sénèque. Philosophie ...	T. II.	
XLVI.	91.	Cicéron. Discours......	T. II.	
	92.	Stace...............	T. III.	
XLVII.	93.	Pline l'Ancien........	T. III.	
	94.	Cicéron. Discours......	T. III.	
XLVIII.	95.	Suétone............	T. Ier.	Trois Portraits.
	96.	Suétone............	T. II.	Neuf Portraits.
XLIX.	97.	Cicéron. Lettres........	T. III.	
	98.	Sénèque. Philosophie....	T. III.	
L.	99.	Cicéron. Discours......	T. IV.	
	100.	Pline l'Ancien........	T. IV.	
LI.	101.	Térence...... 2e partie.	T. II.	
	102.	Pline l'Ancien. 1re partie.	T. II.	
LII.	103.	Térence....... 1re partie.	T. II.	
	104.	Cicéron. Philosophie....	T. Ier.	
LIII.	105.	Pline l'Ancien. 2e partie.	T. II.	
	106.	Sénèque. Philosophie....	T. IV.	

NUMÉROS d'ordre des LIVRAISONS.	NUMÉROS des Volumes de la COLLECTION.	NOMS DES AUTEURS.	NUMÉROS des Tomes de chaq. auteur.	OBSERVATIONS.
LIV.	107.	SÉNÈQUE. Tragédies.....	T. Ier.	
	108.	CICÉRON. Discours......	T. V.	
LV.	109.	PLINE L'ANCIEN.........	T. V.	
	110.	CICÉRON. Philosophie....	T. II.	
LVI.	111.	HORACE...............	T. Ier.	
	112.	PLINE L'ANCIEN.........	T. VI.	
LVII.	113.	PLAUTE..............	T. Ier.	
	114.	PLINE L'ANCIEN.........	T. VIII.	
LVIII.	115.	JUVÉNAL et PERSE.......	T. III.	Un Portrait.
	116.	STACE...............	T. IV.	
LIX.	117.	CICÉRON. Discours......	T. VI.	
	118.	PLINE L'ANCIEN. 1re partie.	T. VII.	
LX.	119.	PLINE L'ANCIEN. 2e partie.	T. VII.	
	120.	CICÉRON. Philosophie....	T. III.	
LXI.	121.	LUCAIN...............	T. Ier.	
	122.	SÉNÈQUE. Philosophie....	T. V.	
LXII.	123.	CICÉRON. Philosophie....	T. IV.	
	124.	PLINE L'ANCIEN.........	T. IX.	
LXIII.	125.	CICÉRON. Rhétorique....	T. Ier.	
	126.	CICÉRON. Philosophie. 1re part.	T. V.	
LXIV.	126 *bis*	CICÉRON. Philosophie. 2e part.	T. V.	
	127.	CICÉRON. Fragmens.....	Unité.	Un Portrait.

NUMÉROS d'ordre des LIVRAISONS.	NUMÉROS des Volumes de la COLLECTION.	NOMS DES AUTEURS.	NUMÉROS des Tomes de chaq. auteur.	OBSERVATIONS.
LXV. {	128.	PLINE L'ANCIEN. 1re partie.	*Indices.*	
	129.	CICÉRON. Philosophie....	T. VI.	
LXVI. {	130.	HORACE..............	T. II.	
	131.	HORACE..............	T. III.	
LXVII. {	132.	PLAUTE.............	T. II.	
	133.	SÉNÈQUE. Déclamations..	Unité.	
LXVIII {	134.	CICÉRON. Rhétorique....	T. II.	
	135.	CICÉRON.............	*Indices.*	
LXIX. {	136.	SÉNÈQUE. Tragédies.....	T. II.	
	137 *bis*	LUCAIN. 2e partie. *Index.*	T. II.	
	122 *bis*	SÉNÈQUE. Phil. 2e p. *Index.*	T. V.	Un Portrait.
LXX. {	137.	LUCAIN. 1re partie......	T. II.	
	138.	PLAUTE. *Index.*........	T. IV.	
LXXI. {	139.	SÉNÈQUE. Tragédies.....	T. III.	
	140.	PLAUTE.	T. III.	
LXXII. {	141.	PLINE L'ANCIEN. 2e partie.	*Indices.*	
	142.	PROPERCE.............	Unité.	

Deux portraits, Horace, v. III, p. 1, et Térence, v. I, p. 18.

BIBLIOTHÈQUE

CLASSIQUE LATINE,

ou

COLLECTION

DES AUTEURS CLASSIQUES LATINS.

TABLEAU DES OUVRAGES.

NOMS DES AUTEURS.	NUMÉROS des Tomes de chaq. auteur.	NUMÉROS de la COLLECTION.	NUMÉROS de la LIVRAISON.
1. Catulle.	Unité.	75	38
2. César.	T. 1er.	1	1
	T. II.	8	4
	T. III.	12	6
	T. IV.	33	17
3. Cicéron. Rhétorique. . . .	T. 1er.	125	63
	T. II.	134	68
—— Discours.	T. 1er.	87	44
	T. II.	91	45
	T. III.	94	47
	T. IV.	99	50
	T. V.	108	54
	T. VI.	117	59
—— Philosophie	T. 1er.	104	52
	T. II.	110	55
	T. III.	120	60

NOMS DES AUTEURS.	NUMÉROS des Tomes de chaq. auteur.	NUMÉROS de la COLLECTION.	NUMÉROS de la LIVRAISON.
— Cicéron. Philosophie.....	T. iv.	123	62
1re partie.	T. v.	126	63
2e partie.	T. v.	126 *bis*.	64
	T. vi.	129	65
————— Lettres........	T. ier.	85	43
	T. ii.	89	45
	T. iii.	97	49
————— Fragmens......	......	127	64
————— *Indices* ou tables		135	68
4. Claudien.............	T. ier.	53	27
1re partie.	T. ii.	57	29
2e partie.	T. ii.	57 *bis*.	29
5. Cornelius Nepos........	......	17	8
6. Florus...............	......	84	42
7. Horace..............	T. ier.	111	56
	T. ii.	130	66
	T. iii.	131	66
8. Justin...............	......	41	21
9. Juvénal.............	T. ier.	42	21
	T. ii.	69	35
10. ——— *et* Perse.......	T. iii.	113	58
11. Lucain..............	T. ier.	121	61
1re partie.	T. ii.	137	70
2e partie.	T. ii.	137 *bis*.	69
12. Martial.............	T. ier.	68	34
	T. ii.	71	36
	T. iii.	81	41

NOMS DES AUTEURS.	NUMÉROS des Tomes de chaq. auteur.	NUMÉROS de la COLLECTION.	NUMÉROS de la LIVRAISON.
13. OVIDE.	T. 1er.	9	4
	T. II.	13	6
	T. III.	16	8
	T. IV.	21	11
	T. V.	29	15
	T. VI.	25	13
	T. VII.	30	15
	T. VIII.	54	27
	T. IX.	60	30
	T. X.	61	31
14. PHÈDRE.	T. Ier.	77	39
	T. II.	79	40
15. PLAUTE.	T. Ier.	113	57
	T. II.	132	67
	T. III.	140	71
	T. IV.	138	70
16. PLINE L'ANCIEN.	T. Ier.	86	43
1re partie.	T. II.	102	51
2e partie.	T. II.	105	53
	T. III.	93	47
	T. IV.	100	50
	T. V.	109	55
1re partie.	T. VI.	112	56
2e partie.	T. VII.	118	59
	T. VII.	119	60
	T. VIII.	114	57
	T. IX.	124	62

NOMS DES AUTEURS.	NUMÉROS des Tomes de chaq. auteur.	NUMÉROS de la COLLECTION.	NUMÉROS de la LIVRAISON.
— Pline l'Ancien..........	T. X.	128	65
	T. XI.	141	72
17. Pline le Jeune.........	T. 1er.	32	16
	T. II.	48	24
18. Properce	....	142	72
19. Quinte Curce..........	T. 1er.	28	14
	T. II.	37	19
	T. III.	59	30
20. Quintilien	T. 1er.	19	9
	T. II.	31	16
	T. III.	36	18
	T. IV.	47	24
	T. V.	49	25
	T. VI.	51	26
	T. VII.	67	34
21. Salluste.............	....	20	10
22. Sénèque. Philosophie	T. 1er.	83	42
	T. II.	90	45
	T. III.	98	49
	T. IV.	106	53
	T. V.	122	61
Index........		122 *bis*.	69
——— Déclamations...	....	133	67
——— Tragédies......	T. 1er.	107	54
	T. II.	136	69
	T. III.	139	71
23. Silius Italicus..........	T. 1er.	38	19

NOMS DES AUTEURS.	NUMÉROS des Tomes de chaq. auteur.	NUMÉROS de la COLLECTION.	NUMÉROS de la LIVRAISON.
— SILIUS ITALICUS.........	T. II.	50	25
24. STACE...............	T. Ier.	66	33
	T. II.	72	36
	T. III.	92	46
	T. IV.	116	58
25. SUÉTONE.............	T. Ier.	95	48
	T. II.	96	48
26. TACITE...............	T. Ier.	3	1
	T. II.	5	2
	T. III.	7	3
	T. IV.	11	5
	T. V.	15	7
Index........		15 *bis*.	7
27. TÉRENCE..............	T. Ier.	88	44
1re partie.	T. II.	103	52
2e partie.	T. II.	101	51
28. TIBULLE................	....	78	39
29. TITE LIVE.............	T. Ier.	24	12
	T. II.	27	14
	T. III.	34	17
	T. IV.	43	22
	T. V.	45	23
	T. VI.	55	28
	T. VII.	63	32
	T. VIII.	64	32
	T. IX.	44	22
	T. X.	46	23

NOMS DES AUTEURS.	NUMÉROS des Tomes de chaq. auteur.	NUMÉROS de la COLLECTION.	NUMÉROS de la LIVRAISON.
— Tite Live.	T. xi.	56	28
1re partie.	T. xii.	74	37
2e partie.	T. xii.	74 *bis.*	37
30. Valère Maxime.	T. 1er.	26	13
	T. ii.	39	20
	T. iii.	40	20
31. Valerius Flaccus.	T. 1er.	62	31
	T. ii.	73	37
32. Velleius Paterculus.	. . . .	22	11
33. Virgile.	T. 1er.	2	1
	T. ii.	4	2
	T. iii.	6	3
	T. iv.	10	5
	T. v.	14	7
	T. vi.	18	9
	T. vii.	23	12
	T. viii.	35	18
Flore.		55	18
34. Poetæ Latini Minores. . . .	T. 1er.	52	26
	T. ii.	58	29
	T. iii.	65	33
	T. iv.	70	35
	T. v.	76	38
	T. vi.	82	41
	T. vii.	80	40
	T. viii.	82 *bis.*	41

AVIS AU RELIEUR.

La Collection des Classiques latins doit se relier en 140 Volumes,
avec le titre général de
BIBLIOTHECA CLASSICA LATINA.

ORDRE de la COLLECTION.	NOMS DES AUTEURS.	NOMBRE effectif des Volumes de chaq. auteur.	OBSERVATIONS.
1 — 4	Cæsar.	4	
5	Catullus.	Unité.	
6 — 7	Cicero. Rhetorica . . .	2	
8 — 13	— Orationes	6	
14 — 19	— Philosophia. . .	6	Le tome 5ᵉ est en deux parties qui se réunissent.
20 — 22	— Epistolæ.	3	
23	— Fragmenta . . .	Unité.	
24	— Indices	Unité.	
25 — 26	Claudianus.	2	L'Index ou table générale se joint au tome 2ᵉ.
27	Cornelius Nepos.	Unité.	
28	Florus	Unité.	
29 — 31	Horatius.	3	Un Portrait qui a été publié dans l'*Appendice.*
32	Justinus	Unité.	
33 — 35	Juvenalis et Persius. .	3	

ORDRE de la COLLECTION.	NOMS DES AUTEURS.	NOMBRE effectif des Volumes de chaq. auteur.	OBSERVATIONS.
36 — 38	Lucanus............	3	L'Index se met à part et forme le tome 3ᵉ.
39 — 41	Martialis...........	3	
42 — 51	Ovidius...........	10	L'Index fait deux volumes, 9ᵉ et 10ᵉ.
52 — 53	Phædrus..........	2	
54 — 57	Plautus...........	4	
58 — 68	Plinius...........	11	Le 2ᵉ et le 7ᵉ sont en deux parties réunies : l'Index fait deux volumes, 10ᵉ et 11ᵉ.
69 — 70	Plinius Junior......	2	
71	Propertius.........	Unité.	
72 — 74	Quintus Curtius.....	3	
75 — 81	Quintilianus........	7	
82	Sallustius..........	Unité.	
83 — 87	Seneca. Philosophia..	5	L'Index se joint au 5ᵉ volume.
88	— Declamationes	Unité.	
89 — 91	— Tragœdiæ...	3	
92 — 93	Silius Italicus.....	2	
94 — 97	Statius...........	4	
98 — 99	Suetonius..........	2	
100 — 104	Tacitus............	5	L'Index se joint au dernier.

ORDRE de la COLLECTION.	NOMS DES AUTEURS.	NOMBRE effectif des Volumes de chaq. auteur.	OBSERVATIONS.
105—106	Terentius	2	L'Index se joint au 2ᵉ volume, un Portrait publié dans l'*Appendice*.
107	Tibullus..........	Unité.	
108—119	Titus Livius.	12	L'Index se joint au dernier : ces deux parties réunies forment le tome 12.
120—121	Valerius Flaccus....	2	
122—124	Valerius Maximus	3	
125	Velleius Paterculus..	Unité.	
126—133	Virgilius	8	La Flore se joint au 8ᵉ qui contient les *Indices*.
134—140	Poetæ Latini Minores.	7	Les tables ou *Indices* se joignent au 7ᵉ volume ; mais on peut aussi les séparer et mettre à la fin de chaque volume son *Index* particulier, excepté celui du 4ᵉ qui est réuni à celui du 5ᵉ.

FIN.

CONDITIONS DE LA SOUSCRIPTION.

Le prix de chaque volume, grand in-8°, en papier fin satiné, presque grand-raisin, est de six francs, quand il est au-dessous de trois cents pages : de dix francs, quand il ne passe pas trente-quatre feuilles d'impression, c'est-à-dire, 544 pages : de douze francs cinquante centimes, quand il monte depuis trente-cinq jusqu'à quarante feuilles inclusivement : et de quinze francs, quand il s'élève au-delà de 40 feuilles, c'est-à-dire, de 640 pages.

La Collection se compose des 34 ouvrages suivants : CATULLE, CÉSAR, CICÉRON, CLAUDIEN, CORNÉLIUS NÉPOS, FLORUS, HORACE, JUSTIN, JUVÉNAL, LUCAIN, MARTIAL, OVIDE, PERSE, PHÈDRE, PLAUTE, PLINE l'ancien, PLINE le jeune, PROPERCE, QUINTE-CURCE, QUINTILIEN, SALLUSTE, SÉNÈQUE, SILIUS ITALICUS, STACE, SUÉTONE, TACITE, TÉRENCE, TIBULLE, TITE-LIVE, VALÈRE-MAXIME, VALÉRIUS FLACCUS, VELLÉIUS PATERCULUS, VIRGILE, et POETÆ LATINI MINORES.

La Collection est terminée ; elle se compose de 142 volumes, publiés en 72 livraisons.

N. B. L'Éditeur publie sur le même plan, et comme *complément* de la Collection, le poète LUCRÈCE. Cet ouvrage formera *deux volumes.*

On souscrit, à Paris, chez MM.

P. A. LEMAIRE, rue des Quatre Fils, N° 16, au Marais ;
BRUNOT-LABBE, Libraire, quai des Augustins, N° 33 ;
DE BURE frères, Libraires du Roi, rue Serpente, N° 7 ;
FIRMIN DIDOT, Imprimeur-Libraire, rue Jacob, N° 24 ;
JULES RENOUARD, Libraire, rue de Tournon, N° 6 ;
REY ET GRAVIER, Libraires, Quai des Augustins, N° 55 ;
ROUSSEAU, Libraire, rue de Richelieu, N° 107 ;
TREUTTEL ET WURTZ, Libr., rue de Bourbon, N° 17 ;
VERDIÈRE, Libraire, quai des Augustins, N° 25 ;

Et chez tous les Libraires de France et des pays étrangers.

www.ingramcontent.com/pod-product-compliance
Ingram Content Group UK Ltd.
Pitfield, Milton Keynes, MK11 3LW, UK
UKHW022302070726
13614UKWH00002B/509